U0085952

滄海叢刊

文學因緣

鄭樹森 著

1987

東大圖書公司印行

© 文學因緣

作　者　鄭樹森

發行人　劉仲文

出版者　東大圖書股份有限公司

總經銷　三民書局股份有限公司

印刷所　東大圖書股份有限公司

地址／臺北市重慶南路一段六十一號二樓

郵撥／〇一〇七一七五—〇號

初　版　中華民國七十六年一月

基本定價　肆元肆角肆分

行政院新聞局登記證局版臺業字第〇一九七號

文學因緣目次

I

諾貝爾文學獎之外……………………………………一
生之焦慮與死的抗拒——卡內提的生平及作品……………一一
墮落．邪惡與救贖——威廉．高定的「蒼蠅王」……………一九
松樹的堅持——塞佛特及其作品……………………二三
「靜靜的頓河」是否剽竊的？……………………三一
盧卡契眼中的索忍尼辛…………………………三七
聖約翰．濮斯書信裏的中國………………………四一

II

現代詩的英譯——評榮之穎的「臺灣現代詩選」……………四九

奧菲爾斯的變奏——評葉維廉的「衆樹歌唱」……六一
「紅樓夢」上「一層樓」——尹湛納希及其蒙文長篇……七五
羅洪是誰？……七九
美是主客觀的辯證統一——敬悼朱光潛先生……八三
從克羅齊到維柯——訪問朱光潛先生……八七

III

法國敍述學的方法——以白先勇「遊園驚夢」爲例……九三
誰是大師？——法國知識界的一場選擧……一〇九
偵探小說與現代文學理論……一一五
「永遠」的郝思嘉——密契爾的「飄」出版五十周年……一二一

IV

龐德與詩經……一二七
龐德與儒家思想……一五三
俳句、中國詩與龐德……一六一

愛眉・洛烏爾與日本古典詩……一九三
文學因緣——代跋……二一三

I

諾貝爾文學獎之外

已有八十多年歷史的諾貝爾文學獎，早已成爲世界文壇矚目的年度大事。諾貝爾文學獎的選汰過程，自然也是世界各大報章刊物不時討論的熱門題目。例如一九八一年的得獎人卡內提，因爲在英語世界較不普及，美國的三大報章（「紐約時報」、「華盛頓郵報」、「洛杉磯時報」）都不約而同報導，卡內提並不是國際性的作家。「時代周刊」甚至略帶譏諷地說，頒獎給「冷僻」作家，好像已成爲近年來瑞典皇家學院的「習慣」。但其實這些報導並不太正確，只是間接反映出美國新聞界對當代世界文學比較缺乏瞭解。因爲在七十年代，卡內提的自傳曾暢銷德國，又數次獲得整個德語地區的文學獎，實在不是歐洲文壇的陌生名字。

從卡內提得獎後這些反應，我們可以看出來，美國新聞界顯然過於注意諾貝爾文學獎的最後評審，而對於促使各國作家進入提名及決選的其他文學大獎，無疑是忽略了。以瑞典皇家學院有限的院士，要對當代世界文學單獨進行全面性的評審，實際上是不可能的。因此皇家學院的諾貝爾獎委員會，對於世界各地的國際性及國家性文學獎，都密切注意，以爲諾貝爾獎的參考。所以，不少地位崇高的文學獎，往往就是諾獎晉身之階。例如美國紐斯達國際文學獎或西班牙塞萬提斯獎的得主，都會自動成爲諾獎的候選人。本文擬對目前國際較爲重要的文學獎，略作介紹，一方面可以幫助我們瞭解諾獎的評審；另一方面（也是更爲重要的）更希望增進對當代世界文壇的認識。

美國紐斯達國際文學獎

在目前的英語系統文學世界裏，只有兩個文學獎是超越國家，能夠視爲是國際性的。第一個是一九七〇年才開始頒贈的美國紐斯達國際文學獎，由奧克拉荷馬大學的「世界文學」季刊主辦，獎金兩萬五千美元，每兩年舉辦一次。到目前爲止，該獎一共只有七位得獎人。除已去世者，該獎的得獎人中，賈西亞•馬奎斯和米洛茲曾分別獲得一九八二年及一九八〇年的諾貝爾文學獎。一九八二年的紐斯達獎是頒給墨西哥名詩人奧他維奧•百師（Octavio Paz）。百師近年也是諾貝爾獎的大熱門；傳聞他對八二年的落選頗爲不快。一九八〇年的紐斯達獎得主捷克流亡小說家約瑟夫•史高沃歷斯基（Josef Skvorecky），也是因爲獲贈紐斯達獎，才進入諾貝爾獎的候選名單。這個獎在美國國內遠比不上一年一度的普利茲獎來得熱鬧（普利茲的獎金則極爲微薄），但在關心世界文學的知識圈裏，則意義更爲重大。

英語世界裏另一勉强可視爲國際性的文學獎，是「英國國家書籍聯盟」主辦的卜克•麥康奈獎。這個文學獎也有十多年歷史，獎金為一萬英鎊，但僅限於英國及大英國協的國家用英語發表的作品。該獎對於獲獎作品的銷路，通常都有明顯幫助。一九八一年，印度的英語小說家沙爾曼•陸希迪憑長篇「午夜之子」獲獎，自此聲名鵲起，小說也進入暢銷書榜。一九八二年的得獎人為澳洲小說家湯馬士•肯奈利。肯奈利曾出版十五本作品，大多為歷史小說，去年的得獎作是一部眞人眞事的傳記體小說「單德勒的名單」，以二次大戰對猶太人的大屠殺為背景。在八二年進入決選的六位角逐者中，最值得中國讀者注意的是，其中赫然包括一位在香港出生的中英混血作家 Timothy Mo。Mo 現居倫敦，八二年才三十二歲，曾在英國出版兩本英文小說，均以當地華埠為背景。

文學獎最多的國家

在全世界裏，相信法國是文學獎設立得最多的國家。除了國人較為熟悉的龔古爾文學獎之外，尚有勒諾都獎、聯合獎、德旅赫獎、費美納獎、麥迪西獎、法蘭西學院小說大獎、國際文學獎（頒贈該年度譯成法文的最佳外國作品）等。法國人在文學上似乎不太執著於國籍，因此這些文學獎大多並不局限於法國作家，連用法文寫作、在巴黎出書的加拿大及前法國殖民地作家，都會時獲青睞。例如一九八二年的費美納獎就頒給加拿大魁北克省著名法語女作家安娜•艾貝爾（獲獎作品為「巴桑的狂人」）。知名度較高的龔古爾獎，八二年由多明尼克•費南度以小說「天使手中」獲得。出生於一九二九年的費南度曾獲麥迪西獎，現在也是該獎的評審委員。「天使手中」也是一部傳記體小說，以義大利導演、詩人、小說家柏索里尼的一生爲經，義大利的社會發展爲緯。

巧合的是，義大利著名符號學理論專家翁巴度·艾諾（Eco），近年改事創作後，去年以「玫瑰的名字」這部中古背景的神秘小說風靡歐美小說界，最近則以這部書獲法國的年度國際文學獎。一九八二年的法蘭西學院小說大獎，則由拉迪米爾·沃科夫以小說「蒙太奇」奪得。沃科夫原爲俄裔，是柴可夫斯基的侄孫，二十年前則以科幻小說獲儒勒·凡爾納科幻小說獎；一九七九年又以間諜小說「大變」獲夏多白瑞昂獎。此次獲獎小說「蒙太奇」亦以間諜體出之。

法國在林林總總的文學獎之外，對於地位崇高的外國作家，有時另由國家授予榮譽騎士勳（拿破崙一世創立於一八〇二年）。一九八三年年初破例有兩位外國作家同時獲得授勳。一爲曾經提名諾貝爾獎二十多屆的阿根廷老作家、「魔幻寫實主義」的開創人包赫時。另一位爲以「家」、「春」、「秋」成名的巴金。巴金因爲在家中不慎跌傷，入院療傷，未能在一月前往巴黎參加典禮；結果由法國總統密特朗在訪問大陸時，攜至上海親自授予。

義大利和丹麥的國際獎

巴金在一九八二年也獲得剛創辦不久的但丁文學獎，是義大利的幾個國際文學獎之一。這個但丁獎創立伊始，實際地位如何，目前還不太淸楚；但獎金頗高，達一萬美元。去年巴金因病後體弱，無法前往領獎，結果也是在上海頒發。義大利最著名的國際文學獎，是「國際費爾特李奈里獎」，向例由義大利總統（名義上的國家元首）頒發。一九八二年的得獎人是德國著名小說家根德•葛拉軾。葛拉軾在英語世界也有龐大讀者羣，以長篇小說「鐵皮鼓」、「貓與鼠」（有李魁賢中譯）、「狗草」（合稱「坦澤三部曲」）馳譽西方。近作「比目魚」面世後，反響很大，已被譯成十多種文字。葛拉軾在一九七八年間曾訪問香港，並與香港作家擧行座談會。

義大利另有一項國家性的蒙特洛文學獎，原則上只發給義文作品，但當代外國作家重要作品如譯成義文，有時亦會因此得獎。一九八二年的蒙特洛獎，就由法國小說家羅布格利葉與義大利老作家莫拉維亞共同獲得。羅布格利葉爲法國「反小說派」大將，作品「去年在馬倫巴」曾由名導演阿倫•雷奈搬上銀幕，爲西方戰後現代主義文藝發展上的一個高峯。此次獲獎作品爲新近譯成義大利文的小說「*Djin*」。這是羅布格利葉第二次獲得蒙特洛文學獎。至於多次提名諾貝爾獎的莫拉維亞，則以小說「一九三四」獲獎。這部小說現正由電影「巴黎最後探戈」、「一九〇〇」的導演貝托盧奇拍攝中。

羅布格利葉去年在義大利獲獎，另一位法國名作家西蒙•地•波娃一九八三年則在丹麥得獎。自一九五〇年以來，丹麥的桑寧歐洲文化獎，就不時以約合美金二萬五千元的獎金，向「對歐洲文明有卓越貢獻」的歐洲文化人致敬。一九八一年的得獎人爲義大利戲劇家達利奧•傅。獲獎時七十四歲的地•波娃，著作極豐，有小說、論述、自傳等十多種書；其獲獎理由爲：「在歐洲文化生活中影響深遠——她不但是小說家、哲學家、人文主義者，更是現代婦女解放運動的啓蒙人」。丹麥的這項獎金一向都由哥本哈根大學負責評審。

歌德文學獎的糾紛

西德和奧地利的文學獎，對獲獎人的國籍，一向不太執著，基本上凡用德語寫作的作家，均可獲獎。例如一九八一年諾貝爾獎得主卡內提，戰後卽長居英國，但曾先後獲得沙克斯獎、布克納獎、維也納市文學獎等。在這幾個獎之外，尙有歌德文學獎。一九八二年是歌德逝世一百五十周年紀念。八二年的得獎人是出生於一八九五年的老作家恩斯特•容格。容格早在一九二〇年，以戰爭小說「鋼鐵風暴」一舉成名。二次大戰初起時，容格曾參與侵略法國的戰爭，因此戰後有一度以親納粹分子之嫌被禁止出書。在一九六〇至六三年間，容格曾出版十卷本的全集。近年來深居簡出，甚少露面。八二年獲獎消息公佈後，意外地引起軒然大波。主要是法蘭克福市的社會民主黨人及新近崛起的綠黨，指責容格有法西斯及親戰傾向。最後法蘭克福市政府不得不將頒獎問題，提交議會表決，結果得到基督教民主聯盟的議員護航通過。但通過後，又輪到老作家大爲光火，拒不受獎，終於委由市長出面做和事佬，一場風波才告平息。

西班牙語系的諾貝爾獎

在法朗哥去世後，西班牙政府日益民主化，並對文藝活動的推展，不遺餘力。在一九七七年，西班牙文化部創辦了塞萬提斯文學獎，獎金約爲五萬美元，對象包括所有用西班牙文創作的作家。第一屆獲獎人爲反對法朗哥而長期流亡國外的詩人豪爾赫・紀廉。其後曾獲該獎的有阿根廷詩人兼小說家包赫時、一九七八年獲諾貝爾獎的西班牙詩人亞歷山大等。一九八二年的得主爲墨西哥詩人渥大維奧・百師。塞萬提斯獎雖創立不久，但由於歷屆得主均係一時之選，故已被普遍視爲西班牙語系的「小諾貝爾獎」。

紀廉在一九八二年更榮獲墨西哥政府在一九八〇年創辦的奧林・約利茲特里國際文學獎（有時亦簡稱金鷹獎）。該獎獎金爲六百萬墨西哥幣，每年由墨西哥總統頒贈，表揚以西班牙文寫作的傑出作家。曾獲該獎的尚有包赫時和哥倫比亞小說家、諾貝爾獎得主賈西亞・馬奎斯。從這兩個西班牙語系文學獎的頒贈情形來看，阿根廷的包赫時與西班牙的紀廉顯然是備受推崇的大師級作家。而諾貝爾文學獎，卻在一九七八年，頒獎給名氣略遜於紀廉的亞歷山大，使不少西班牙批評家頗爲不服。而在一九八二年，「魔幻寫實主義」的創始人包赫時更敗於沿承這個風格的馬奎斯，也難怪這位眼睛已半瞎的老作家打趣說：「每年秋天，諾貝爾文學獎就習慣地不頒發給我。」

統戰為主的列寧獎

在五十年代中葉，蘇共中央決定擴大一度中止的列寧獎，使之成爲國際性的文學獎，每兩年舉辦一次，除獎金外，另有獎章和證書。就得獎人名單來看，這個獎無疑是蘇聯政府對外統戰的工具。獲獎人如果不是親共的同路人，例如一九八三年去世的法國名詩人路易・阿拉貢；便是蘇共認爲可以拉攏的對象，例如瑞典老作家兼皇家學院院士龍吉維斯特（一九八二年秋曾接受「聯合報」副刊訪問）。不過，有時這些統戰對象不見得一定領情，例如龍吉維斯特在一九五八年得獎後，就婉拒前往莫斯科領獎，並將一萬盧布的獎金捐贈出來，用作鼓勵瑞典文學的對外譯介。

除了列寧獎，斯大林在世時尚有一個斯大林獎，共分三等。一等獎可得十萬盧布，二等獎五萬盧布，三等獎二萬五千盧布（上述金額以四十年代舊幣計算）。這項獎金首次頒發時，蕭洛霍夫就以小說「靜靜的頓河」獲獎。斯大林獎有時亦頒發給其他共黨國家的作家。例如丁玲就曾以描述「土改」鬪爭的小說「太陽照在桑乾河上」，在一九五一年獲得該獎的二等獎。一九五三年斯大林去世後，該獎隨之中輟。及至一九六六年，蘇共中央決議重新頒發，但易名爲蘇聯國家獎，蘇聯老作家札克魯特金一九八二年以長篇「創世」獲得該項獎金。札克魯特金在一九五一年，曾以小說「水上漁村」，與丁玲一同獲得斯大林獎。

在列寧和斯大林之外，蘇聯還有一個所謂「人民友誼勳」，相當於法國的榮譽騎士勳，有時也用來酬庸世界各地聲譽較著的左翼作家。一九八三年二月，八十一歲的西班牙詩人拉法埃爾・阿爾維蒂即獲贈這個勳章。阿爾維蒂與前面提過的兩位西班牙詩人亞歷山大和紀廉，同屬稱爲「二七年代」的現代詩派；雖詩風相近，但在思想上一向左傾，始終與蘇共保持密切關係；在一九六五年曾獲列寧獎。

從以上的報導，我們可以看到，除了蘇聯「政治掛帥」的幾個獎，歐美等地的國際性文學獎，不時互相頒贈，確實能够跨越國界，促進文化交流，增進相互瞭解。作家在獲獎之餘，尚可以藉此推廣本國文學。此外，不少大獎的頒贈，莫不由該國的國家元首親自主持，例如法國和蘇聯的動章、義大利的費爾特李奈里獎、墨西哥的金鷹獎、西班牙的塞萬提斯獎等，均是如此，可見對文學家的尊重。反觀亞洲國家，到目前爲止，尚未有任何鼓勵亞洲地區作家的文學大獎。最有物質條件舉辦這種獎的日本，除每年熱衷於諾貝爾獎的角逐外，對鄰邦的當代文學，向來是甚爲閉塞的。

（一九八三）

生之焦慮與死的抗拒

——卡內提的生平及作品

「作品具有遼闊的視野、豐富的思想和藝術力量」——這是諾貝爾文學獎委員會對一九八一年得主卡內提（Elias Canetti）的得獎評語。外電從瑞典首都發出後，十月十六日美國的幾份大報——「紐約時報」、「洛杉磯時報」、「華盛頓郵報」——不約而同都在報導中指出，卡內提並不是國際馳名的作家。新聞性雜誌「時代周刊」也說，卡內提是相當冷僻的作家。

但其實這些報導並不完全正確。對於熟識德國現代文學的人來說，卡內提的名字當然並不陌生。小說「盲目」在一九三五年的出版，使他一鳴驚人。湯瑪斯·曼和赫曼·布洛克等大師都曾讚揚這本小說。近十年來，卡內提的作品重新發行，頗受讀者歡迎。自傳「被拯救的舌頭」在一九七七年出版後，名列德國暢銷書榜近一年。一九七二年曾獲德國地位最高的布克納文學獎，一九七五年又獲薩克斯文學獎（獎金爲二萬馬克），因此近年來德語地區讀者對他應該不太陌生。卽使在大西洋的這一邊，留意美國東岸書評刊物的讀者，對卡內提的名字，年來多少都會有點印象。一九八〇年間，「紐約書評」、「紐約客」、「紐約時報書評周刊」等美東三份重要刊物，曾分別邀約著名批評家蘇珊・宋泰格（Susan Sontag）、喬治・史坦納（George Steiner）及米高・活特（Michael Wood）等，評述卡內提作品的英譯本。宋泰格女士的長文，後來還收入一九八一年的文集「在土星宮下」。

另一方面，美國新聞界的報導也不是完全沒有根據。由於納粹黨的迫害，卡內提在一九三八年流亡倫敦，雖然一直都堅持用德文寫作，但始終沒再回德國長住。到六十年代末期，卡內提三十多年的「半隱居」生活，的確使他成爲冷僻、一般讀者漠視的作家。再加上卡內提出亡英國時，年方三十三歲，是德國三十年代文壇「流放的一代」裏比較年輕的一位。在當年自我放逐的德國作家（如湯瑪斯・曼、布萊希特、杜碧靈、漢力希・曼等）都先後去世，卡內提成爲碩果僅存的人物。這也就是爲什麼布萊希特專家詹姆士・黎安（James Lyon）指出：「從研究現代德國文學的角度來看，這次的諾貝爾文學獎是承認了放逐的一代之文學成就」。但如與湯瑪斯・曼和布萊希特比較，卡內提當年放逐時，屬於年輕作家，生活在這些大師的陰影下，往往又被批評家和史家所忽略。

卡內提雖然客居倫敦三十多年，却似乎一直和英國文壇沒甚往來，熟朋友不多，也鮮受注意。但少數友好之一的英國小說家摩多克女士（Iris Murdoch）倒對他極力推崇，且曾用他來做小說「逃避妖師」裏一個人物的藍本。美國方面，如果不是斯貝理出版社在一九七九年大量推出其作品英譯，再加上幾位著名批評家的品題，卡內提恐怕是早被遺忘的人物。事實上，不少美國讀者認識卡內提，端賴這些評論家的鼓吹。筆者的一位同事就曾表示，去年「紐約書評」的論介，如果不是宋泰格女士執筆，是不會去詳讀的。美國大學裏對卡內提的研究也一直頗爲冷淡。現任教羅德島布朗大學德文系的班瑙教授，是唯一出版過專書研究卡內提的美國教授，而這本一九七九年的專論還是用德文撰寫的！換句話說，要不是卡內提近十年在德國「捲土重來」，八〇年又得幾位重要美國評論家大力推薦，八一年諾貝爾文學獎宣布後，恐怕更要議論紛紛。

大體上說，作爲崛起於三十年代的現代作家，卡內提却是到晚年才「再被發現」的。這種曲折的際遇自然與他的長期流放有關。而對卡內提來說，放逐經驗幾乎是與生俱來的。一九〇五年出生在保加利亞魯斯港的卡內提，是十五世紀被驅逐出西班牙的猶太人後裔。這些移居土耳其的西班牙猶太人(Sephardic Jew)，一直都保留着以中古西班牙文爲主的Ladino語。因此在卡內提六歲之前，一直都是保加利亞文與中古西班牙語並用的。卡內提雙親在維也納受敎育，平常好用德文交談，所以卡內提對德語也有點印象。一九一一年舉家遷徙英國後，卡內提開始學習英語。七歲喪父後，卡內提母親遷居維也納，正式開始了卡內提的德文教育。

一九一三年的維也納，是快要崩潰的奧匈帝國的首都。在這裏一個敏銳的小心靈開始接觸詩與音樂，接受嚴格的歐洲教育。十歲時卡內提就能用德文與母親討論席勒，用英文談莎士比亞。十四歲時曾用席勒式的無韻詩體寫下以古羅馬爲背景的五幕詩劇，獻給母親做聖誕禮物。他的母親集嚴師良母於一身，對卡內提的成長留下無法磨滅的痕跡。一九一九至二一年間，卡內提在蘇黎世上學，母親則多數住在維也納。這時母子之間開始發生種種齟齬，其中最主要的衝突引發自卡內提對科學的濃厚興趣（卡內提後於一九二九年獲維也納大學化學博士學位）。卡內提母親反對他走科學道路，而如果可以來點心理分析的話，卡內提則顯然以科研來宣佈「自我的獨立」。在自傳「被拯救的舌頭」裏，母子之間的磨擦有極爲生動的描述。而這個時期的蘇黎世人文薈集，既是前衞藝術的重鎭，也是名家如喬哀思和湯瑪斯・曼聚居之處，其特殊的氛圍給卡內提留下極深刻的印象，在自傳裏曾說：蘇黎世的歲月是「唯一完美無疵地快樂的」。

然而，卡內提在二十四歲開始構思的「盲目」却是一部非常灰暗、低調的作品。這部小說的情節極爲簡單，主要是講一位漢學家獨居在藏有二萬五千册書的公寓裏，過着與世隔絕的生活；其女管家則非常俗氣，垂涎漢學家的錢財，假裝崇敬書本，騙得漢學家與她成婚。後來漢學家更被逐出居所，最後在放火焚書中喪生。從題材上來看，這部小說顯然是以精神崩潰爲主，因此也有一位評論家譽之爲現代小說中，這個題材最成功的作品。但這部小說的成就其實並不是題材的殊異，而是表現手法的獨特。這部小說的情節和人物動作有不少異乎尋常、荒誕乖謬的地方，但對這種「違反現實」之處，作者却以冷靜、客觀、寫實的筆法來描述，好像是日常生活中最理所當然的。對讀過卡夫卡作品的讀者來說，這種以現實性來框架荒謬性的作風，應該是不算陌生的。例如在小說的第一部第五節，漢學家開始閉上眼睛來生活（理由之一是保護眼睛），告訴自己說：「我看不到的東西就是不存在的」。又說：「盲目是對抗時間與空間的武器；我們的存在就是龐大的盲目」。卡內提描述這些動作與思維時，態度一本正經，筆觸冷靜寫實，與卡夫卡可說是一脈相承。

這部小說另一特色是怪誕（grotesque）與喜劇成分的揉合。不同於荒謬，怪誕是指人物生理上的奇形怪狀或心理上的特異極端。例如漢學家是極度瘦弱型，再加上精神異常，就可列入怪誕人物。這位漢學家對其藏書有近乎拜物教式的尊崇，早上散步前也要挑選一堆書來陪伴（第一部分第二節），喜歡與書中的古人對話（第一部分第三節就在想像中與孔子對話）。女管家是庸俗好財的女人，除了長相醜怪，說話往往不合邏輯、答非所問。漢學家與女管家在身體、行動和言談中的特異，交雜出不少惹人發笑的場面。這種近乎「黑色喜劇」（black comedy）的作風，在德國現代長篇小說中，晚近根德・葛拉軾的名作「錫鼓」最爲相似。

在敍述技巧上，與卡夫卡純然外在的全知觀點不同，卡內提也局部採用亨利・詹姆士的單一觀點，以漢學家的視野和感覺（例如練習盲目行動時）爲描述角度，盡量壓抑作者本人的介入。但在單一觀點裏，卡內提偶然也來一點意識流的內心獨白，這些技巧在本書都能配合題材需要，運用得頗有節制。本書與現代主義小說相通之處，不單在技巧方面，也在瀰漫其中的疏離感和孤寂感。漢學家的自我禁錮和自我割離（例如故意閉上眼睛來排拒外在世界），令人想起戰後的一些名作，如卡繆的「異鄉人」、貝克特的三部曲，和哈勞・品特的戲劇。

卡內提的現代主義風格其實在第一部作品「婚禮」裏，就已初見端倪。這部戲的情節也不複雜，主要是講一堆參加婚禮的賓客，一齊玩一個想像性的集體遊戲：每位客人假想在遇到天災時，會爲自己的伴侶採取什麼行動。但遊戲後來弄假成眞。這齣戲的特色也不是情節或人物，而是表現手法。根據卡內提的自述，這部戲要實驗的是他稱爲「聲音面具」(akutischen Maske)的技巧。卡內提認爲一個人的語言，自有其固定不變的習慣和方式，突出這些成分，使之成爲人物的標記，就好比演員在舞臺上戴面具演出，作視覺上的定型。不同的是，卡內提想將定型作用從視覺轉移到聽覺。

此外，卡內提認爲現代人日益隔閡，語言上的溝通越來越困難。所謂交談，往往是自說自話，變成自我肯定的獨白，而不是有意義的相互了解。這種時而陳腔濫調、時而獨自胡言的手法，「盲目」裏也用在女管家身上。對於熟悉荒謬劇的讀者來說，這當然不是什麼驚人之論。但在五十年前，卡內提這種構思是非常尖端前衞的。在分析高爾・克勞斯的論文裏，卡內提曾經夫子自道：「我知道人們是互相交談的，但他們之間並無了解。他們的話語彼此反彈。語言是人類溝通方法的說法，其實是自欺的。人們彼此交談的方式，往往不能達到了解。語言的扭曲導致個別人物的混亂和迷惘」。

在這部戲裏，卡內提還意圖打破傳統劇場的着重情節推展和人物成長。他說：「我是反對戲劇發展的。對我而言，戲劇是超越時間的。將時間的進展引進戲劇的推展中，我覺得是反戲劇化的。就我個人而言，人物的變化發生在裂縫裏，也就是聲音面具的裂縫」。因此，這部戲既無「

引人入勝」的情節糾葛，也缺乏人物個性及心理的明顯刻劃和成長。這種做法當然和傳統寫實主義劇場大相逕庭。因此，「婚禮」唯一的寫實成分就是語言在「聲音面具」裏的模擬性。

但這部一九三二年冬天在維也納完成的戲劇，戰前一直沒有機會正式上演。一九六五年首次演出後，雖然十分轟動，却與戲劇本身的創新無關，而是因爲被人控以「猥褻」。但德國法蘭克福批評學派大將阿登諾（Theodor Adorno）却獨具慧眼，不但挺身反辯，且從文學史的角度爲這部戲定位：「在當年垂死的表現主義與今天的荒謬劇之間，這齣戲在表現手法及歷史沿革上，是承先啓後的，非常值得重視」。評價雖然很高，阿登諾本身的名氣也極大，但不知何故，「婚禮」似乎沒有得到戲劇史家的重視，至今也沒有英譯。

在「婚禮」出版後二十年，卡內提才發表他第三部（也是最後一部）劇作「大限將至」。這部戲的人物在出生時就由一位統治者定下陽壽，每個人都以其壽命數字爲名字，例如主角稱爲「五十」，母親是「三十二」，男孩是「七十」等。但這個社會的人物却認爲他們既能預知大限，也就免除對命運之未知的憂慮。後來主角「五十」發現這根本是一場騙局，是控制他們的陰謀。洞悉眞相後，死亡重新成爲陰影，生之焦慮再度降臨。但誠如班瑙教授所指出的：「這部戲不單認爲連焦慮都勝於死亡，而承受焦慮及其對日常生活的影響，更是與死亡搏鬪所必需的」。

但有異於「婚禮」的是，這部戲雖然在構思上類似荒謬劇，表現手法却沒有延續過去的前衞實驗性。卡內提獨創的「聲音面具」沒再出現；結構上也重新引進一些傳統手法。而由於缺乏語言特徵，再加上沒有個別名字（只有數字），戲中人物都面貌模糊。不過，主題方面則仍與「婚禮」相通，繼續探討人際溝通的困難和人間溫暖的貧乏。

「大限將至」出版後，卡內提就幾乎完全停頓「純文學」的創作。一九六〇的「羣衆與權力」是納粹主義的研究和分析。一九六七的「馬勒加斯之聲」是旅遊札記。一九七三的「人間一九四二至七二的文學筆記。一九七六的「文字的良知」是歷年重要文評結集。一九七七的「被拯救的舌頭」是自傳第一卷。由此觀之，「大限將至」可說是他創作上的分水嶺。前期的小說及戲劇明顯地隸屬西方現代主義，自有其晦澀難懂的一面。後期則「返璞歸眞」，雖在題材上偶有相通，文字方面却走典雅流暢的路線，較爲傳統和易於接受。八一年諾貝爾文學獎委員會就指出，其自傳的風格「清澄明晰，爲本世紀的德文回憶錄所難以企及」。在筆者的特別訪問中，班瑙教授所說的「透明」，德國小說家賴赫特·烈陶口中的「精緻」，相信都是以後期作品爲主。

綜觀卡內提筆耕半世紀的成果，實在談不上數量豐碩。而有趣的是，除戲劇三種外，其他的作品涵蓋七種文類，但每種只成書一本。這是一個相當特殊的現象。但或許答案就在快四十年前的一則札記裏：「我不能變得謙忍；太多事情在我體內燃燒；舊有答案分崩離散；新的還沒誕生。所以我只好同時開始一切，彷彿前面還有整個世紀在等我」。

（一九八一年）

墮落・邪惡與救贖

——威廉・高定的「蒼蠅王」

一九八三年諾貝爾文學獎得主威廉・高定（William Golding），一九一一年在英國出生，曾在英國牛津大學受教育，其後曾經擔任過中學教員。在一九五四年，他出版第一本小說「蒼蠅王」，短短的十多年間，已被公認爲現代文學的經典名著。英國的中學會考曾經長期採用這本書，大英國協不少中學也在高年級教這部小說。

小說的時間是未來，空間是一個氣候宜人、物產豐富的無人小島。背景是核子戰爭（頗有西方科學小說的味道）。由於英國受到原子彈的侵襲，一架飛機運載一羣小孩到安全地區去，在飛機失事前，一部分機身預先噴射，小孩們空降在小島上。小說開始的時候，小孩已經安全降落。他們便聚集起來，要建立一個理性社會（好像「大人」所做的）。他們成立政府，制定法律，找尋食物，建築茅舍，並生了一堆火，要吸引往來船隻來救他們。但這個理性社會，在恐懼和人類獸性本源的兩大壓力下，還沒開始就要崩潰，小孩恐懼黑暗與陌生環境，誤認山上有「野獸」；而他們的打獵慢慢變成殺人。孩子們裏頭當上獵人的，終於脫離理性社會，自成一個野蠻和原始的部落社會。他們把兩個理性的小孩殺死，正在追殺第三個時，一艘戰艦經過，便把追殺制止了。小說到此結束。

有人叫這部小說作寓言；有人稱之爲神話；不管怎麼說，「蒼蠅王」的意義，批評家聚訟多時，莫衷一是。

心理學派批評家認爲小說中的人物和事件，分別代表人類心理中的重要部分，小孩的理性與極權的鬪爭，也就是心理本能與社會控制之間的衝突。另一些批評家則以爲高定的「蒼蠅王」只是對當代西方社會及其制度的批評。但是，另外有人以爲高定這本書證明了人類「性本惡」，文化和社會制度並不是虛假和腐敗的，（在東方道家的老子說「絕聖棄智」，在西方盧梭談「神聖的野人」）；正好相反，文化和種種制度正使得人免於墮落和回到野蠻時代。

還有一些批評家認爲「蒼蠅王」是建築在「原罪」的觀念之上。在這些批評家眼中，高定所關心的並不是人與社會的關係，而是人與宇宙，人與他自己的關係。根據這個觀點，「野獸」就是這部小說最重要的象徵，由於所謂「野獸」的眞相，是一個死去的飛行員（跳傘降落小島）。因此，小孩們所害怕的其實就是他們自己，他們所害怕的「野獸」就是他們所創造出來的；換句話說，「野獸」所代表的就是人類中邪惡的本性。在小說最後一場裏，小孩們受到外來者的搭救。這一派的看法，以爲這就是暗示說，救贖只能來自外界（不管是人間的或是上帝的）。高定的處理是相當模稜兩可的。這個結尾既可解釋成樂觀，又可以分析成悲觀。

雖然衆說紛紜，分析下來又全部落入邪惡與人性的範疇裏，也許小說本身確實包羅了所有的解釋，但由於觀點各異，所觀察到的含意也就不同。就以「原罪」的觀念來說，不也就同時包括了宗教的、心理學的、社會學的觀點？

「蒼蠅王」這部小說討論的無疑是人的墮落和邪惡。讀者可以將這個主題與基督教義的「原罪」相提並論，但並不能夠侷限在這個範圍之內。在整部書中，高定並沒有提到上帝或上帝的力量，他所關注的只是人類「黑暗的心」。「蒼蠅王」這個名詞在英文中是Lord of the Flies，典出希臘文 Beelzebnb，這個名字暗示「腐敗、毀滅、道德淪落、歇斯底里和驚惶」。小說裏那位理性的小孩西蒙也許是一位聖者。但在小說裏，他的理性行爲是個人的、超然的，他的聖者品質沒有影響到別人。高定對邪惡和人性的探討非常透澈，對於救贖（Salvation）的問題，他却是沈默的。小說結尾的時候，海軍軍官救了荒島小孩。但是，誠如高定在一個訪問中所指出的：「誰又能拯救那成年人和他的戰艦呢？」

（一九八三）

松樹的堅持

——塞佛特及其作品

在不少批評家眼中，一九八四年諾貝爾文學獎得主塞佛特（Jarolav Seifert）是當代捷克最偉大的詩人。然而，捷克文學首次奪得諾貝爾桂冠的消息傳到布拉格後，捷克政府却封鎖三個半小時才正式公佈。曾經有十多年，塞佛特的詩作不能在捷克正式發表，而只能以「地下文學」的方式流傳。塞佛特之被「掛鎖」（不能正式刊行而地下傳閱的作品，捷克文壇均稱爲「掛鎖」文學），並不是其詩作有「政治問題」，而正因爲他拒絕作「傳聲筒」，排斥詩歌的「政治化」。

儘管塞佛特在二十年代曾經是捷克共產黨黨員，但回顧起來，這位出身貧困的詩人之投入「革命」，恐怕是「浪漫」的理想主義所驅使，而不見得是對共產主義的透澈認識和虔敬信仰。雖然塞佛特的第一本詩集「哭泣的城市」（一九二一年）歌頌卽將來臨的「革命」，但誠如捷克現代詩專家艾爾弗特・費倫治（Alfred French）所指出：「當時塞佛特對革命的看法相當浪漫，他憧憬中的社會主義天堂，類近於工人階級的日常假期。……爲了刻畫工人世界，塞佛特用他們的語言寫作，使其詩作相當口語化。由於羣衆的文化背景基本上來自宗教，其詩作也充溢宗教意象，而禱告則成爲不斷出現的表現方式。當時他的倫理內容是『共產主義』的，但表達工具是天主教的」。

在一九二二年四月，塞佛特更發表論文，爲其創作提供理論基礎。他認爲作家不應將所謂社會主義之未來與當前的現實混爲一談。因此，藝術不能單是宣傳，或只是鼓舞民衆追求未來的幸福，而必須透過羣衆喜愛的形式及內容，眞正娛樂羣衆，方能有廣大的影響。在這個大前提下，作家要努力打破精緻文化與大衆文化之間的樊籬，方能創造出廣爲羣衆歡迎的新藝術。矛盾的是，塞佛特這個見解，與當時開始傳入布拉格的達達主義，有異曲同工之妙。達達主義對象牙塔內的藝術，採取嘲弄和摧毀的立場。然而，在二十年代初的歐洲，共黨勢力尚未壯大成形，狂熱的革命口號，與前衞的藝術試驗，一時竟也相行不悖，成爲當時歐洲文化界一個弔詭的特色。

一九二三年間，塞佛特前往法國及瑞士旅行，開始迷戀藍波及阿保里奈爾的詩作；對後者的實驗性詩作尤爲鍾愛，並向捷克文壇譯介。而一九二三年出版的詩集「只有愛」，可說是塞佛特的轉捩點。一方面繼續擁抱革命的激情，另一方面又相當強調個人經驗，這本詩集充分呈現了塞佛特藝術處境的矛盾性。

一九二四年間，捷克有「純詩」（Poetism）運動之興起。塞佛特立卽成爲這個運動之一員。現代捷克文學研究者一般都認爲這個運動發源於法國超現實主義。這個運動認爲意象、觀念和語言，都不一定要作邏輯性的推展和連繫，而可以作聯想性的、甚或偶發的連繫。意象和觀念之間，往往沒有直接的轉位，而只有充滿暗示性的突兀割裂，從而强迫讀者自行重建全詩的關係及結構。這種蒙太奇的呈現手法在塞佛特一九二五年的「法國電台的周波」至爲突出。這個非常尖銳的前衞主義運動自然引起不少人的攻擊，但在當時則全面拓展了詩的領域，雖流於極端，但自有特殊的歷史意義。此外，相對於日益要求文藝配合革命形勢的左翼文學運動，「純詩」無疑是强烈的反動。

一九二五年，塞佛特前往莫斯科旅行；歸來後發表詩集「走板的夜鶯」。塞佛特的英國友人西素・巴洛特 (Cecil Parrot) 指出：這個題目明白顯示詩人對蘇聯革命的幻滅，而詩人對莫斯科的舊教堂、市集和貴族故居，興趣都要比革命的新事物來得大。學者費倫治則認爲，這本詩集擺脫「純詩」運動的極端性，不再生吞活剝，開始將「純詩」技巧化爲己有。

照批評家瑪莉亞・賓納奇 (Maria Nemcova Banerjee) 的看法，一九二九年是塞佛特政治和藝術兩方面的重要分水嶺。在這一年，塞佛特聯同六位名作家，發表聲明，批評捷共盲從莫斯科的指揮。

其後大部份人以承認錯誤而逃避處分；但塞佛特拒不認錯，被開除黨籍。塞佛特隨即加入社會民主黨。該黨走溫和路線，主張通過議會民主鬥爭來改善社會和爲工人謀福利。在這場政治風暴中，塞佛特依然創作不懈，出版組詩「信鴿」，向捷克文化傳統回歸，並進一步雕琢其抒情風格。賓納奇視之爲塞佛特個人聲音的確立。

自一九二九年至一九三七年，塞佛特的詩集，例如「裙兜裡的蘋菓」（一九三三年）、「維納斯之臂」（一九三六年）、「再見，春天」（一九三七年）等，都可說是「信鴿」路線的深化。論者都認爲這個時期的詩作日益成熟和精鍊，不再自囿於某一流派；意象簡潔，語言近乎白描，節奏和諧悅耳（四十年代末期編纂的「斯拉夫百科全書」卽譽之爲最富音樂性的捷克詩人）；題材除了不斷湧現的愛情，日常生活的細節和童年的回憶，都是這個時期的經營對象。

一九三八年捷克的危機及淪亡，迫使所有的詩人都拋棄原有的寫作路線，通過文學爲國族文化的存亡而奮鬪。塞佛特也不例外。雖然這個時期的作品都受限於寫作的時空及歷史事件，但仍有不少佳作流傳下來。在德軍佔領期間，追懷捷克歷史人物，謳歌布拉格之美，都成爲塞佛特委婉的抗議。這些戰時詩集，一九四〇年的「裹在光中」及「藍哥華的扇」、一九四四年的「石橋」，和戰後立卽出版的「塡滿泥土的鋼盔」，使塞佛特成爲捷克民族詩人。

一九四五年至一九四八年，塞佛特在工人聯盟日報 Práce 擔任編輯。一九四八年二月，捷克共產黨發動武力政變，推翻原與社會民主黨組成的聯合政府，從此一黨專政。塞佛特身爲社會民主黨人，終在一九四九年離職。一九五〇年塞佛特發表「維克托嘉之歌」，讚美女小說家波娜·藍哥華的才華，以配合藍哥華誕生一百三十週年之紀念活動。年輕一代的共黨批評家這時已奉命向老一輩作家挑戰。塞佛特的地位及政治背景使得他成爲一場批判運動的對象。除了指控塞佛特背棄其工人階級的出身，當時的御用詩人及評論家伊凡·斯加拉還「聲討」其世界觀的灰暗和詩作的主觀性；並將「維克托嘉之歌」斷章取義，誣指塞佛特刻意汙辱「光明美好的新社會」。塞佛特因此沈默了幾年。一九五四年的「母親」，則因題材是塞佛特出身工人階級的母親，獲准出版。

在一九五六年二月的蘇共第二十屆大會上，赫魯雪夫發表演說，鞭撻斯大林。同年四月的捷克作家協會大會上，塞佛特與好幾位著名作家，便利用蘇聯的「解凍」，向嚴密的檢查制度及「社會主義現實主義」的官方文藝政策，展開控訴和挑戰。塞佛特在演講裡指出：「多年來我們都沒有負起民族良知的責任；我們非但不是羣衆的良知，甚至也不是自己的良知……如果一個普通人面對眞實而保持緘默，那或許是權宜之計。但如果一個作家也保持緘默，那他就是說謊」。在演講裡，塞佛特既爲創作自由請命，又爲大量身陷囹圄的作家而呼籲。當時在大會上，捷共曾强硬反駁；總統薩波拓斯基及捷共第一書記都點名批判塞佛特，直指其言論爲「對社會主義文藝政策的惡毒攻擊」。然而，在這次大會後，有三年時間，捷共政府對文藝創作採取較爲容忍的立場。雖然捷克作家仍不斷遭受恐嚇和威脅，但只要不再正面挑戰，也就沒有被捕和被禁的危險。犧牲最大的反倒是塞佛特，自這個大會後，他的詩作就無法正式發表。而在一九五九年，藉着對小說家約瑟夫・史高沃歷斯基（Josef Skvorecky）的批判，捷共又再全面鎮壓文藝界。

在六十年代中葉，捷克知識界開始醞釀「自由化」運動。一九六七年七月捷克作家協會第四屆大會上，青年小說家華朱力克（Ludvik Vaculik）不顧一切，猛烈抨擊捷共的文藝政策，引起普遍的共鳴，最後更壓倒捷共的文化打手，在大會結束時通過議案，要求廢除檢查制度，重申自由民主之價值，並指控捷共執政以來對文藝生命之斲斷。捷共中央委員會不甘示弱，一方面開除華朱力克等的黨籍，另一方面又公審數名作家。

一九六八年一月，捷共中央死硬派垮台，「自由化」運動全面展開。同年六月二十七日，捷克作協會刊「文學通訊」及捷克三份大報，同時發表後來被稱爲「二千字宣言」的文件，强烈攻擊捷共的腐化和制度的失敗，要求全面的改革和民主化。在首批七十位簽署人中，時年六十七歲的塞佛特成爲老作家的代表。七月十一日莫斯科「眞理報」發表評論，認爲這份宣言是「反革命行動」。布里茲涅夫並致電捷共，要求解釋。八月二十日，蘇軍聯同華沙公約國部隊入侵捷克。九月十七日，塞佛特代表捷克作協，在布拉狄斯拉瓦地區的捷克電視台，反駁華沙公約國對捷克作家的「惡意攻擊」。十月四日，捷克作協選舉塞佛特擔任臨時主席。十月三十一日，無視於蘇軍的槍炮，捷克作協繼續抗拒，發表公開聲明：「我們現在不會，將來也永不會，承認我們沒有犯過的錯誤……我們現在不會，將來也不會，將謊言稱爲『眞理』，將不公稱爲『實際需要』。暴力可以毀滅生命，但不能毀滅思想。……五十年代的經驗讓我們警覺到，良知並不是空言。我們熱愛生命，但更寶貴的則是我們希望留給下一代的傳統」。

一九六九年一月十五日，布拉格有一千五百名大學生舉行集會，繼續支持「自由化運動」。翌日在國家博物館廣場，一名哲學系學生引火自焚，抗議蘇軍入侵。隨後一星期內，連續發生五宗青年工人及學生自焚抗議事件。塞佛特以作協主席身分，向捷克青年發表呼籲：「如果我們不願意做奴隸，那，我們就不會做奴隸。這不但是我們的願望，也是所有爲民族自由和個人自由而奮鬪的人的願望」。最後，塞佛特勸導捷克青年停止無謂的犧牲。然而，隨着蘇軍的加强控制，和捷共改革派的全面崩潰，作協被强行解散，塞佛特也被軟禁。

在捷克局勢恢復平靜後，所有參與布拉格之春的作家，如果願意公開自我批判，「承認錯誤」，可以得到政府的「寬大」，獲准發表作品。由於出版上的嚴格控制，不少作家爲了生活，只好低頭「認錯」。但塞佛特和華朱力克就一直不肯正式認錯，也堅拒流亡國外。因此，塞佛特的晚年詩作都以打字稿的「地下」方式流傳，例如一九七七年的「疫柱」和一九七九年的「畢卡狄里之傘」。

這兩本詩集後來都在國外由捷克流亡出版社刊行。兩部集子都採自由詩體。前者爲一系列組詩，以其中最長的一組「疫柱」爲題。布拉格被歐洲歷史上著名的黑死病襲擊時，死人無數，聖洛克教堂四周堆滿屍體；後來倖存者立柱悼念，並感謝神恩。聖洛克也是詩人幼年領洗之教堂，故這組詩不但是對死亡的冥思，也是對一生的回顧。而整部詩集語調沈鬱，情感哀傷，最後一首詩又名爲「是道別的時候」；偷運至西方發表後，不少讀者都以爲這是詩人告別世界的最後手勢。但出人意表的是，一九七九年「畢卡狄里之傘」再次偷渡出現，語言簡潔明朗，意象時作對比性呈現，在抒情中略帶幽默，更一掃「疫柱」之陰鬱，再次歌頌生命與愛情，其創作力及題材，幾令人難以相信這是七十八歲老翁之手筆。

一九八一年，塞佛特八十大壽，回憶錄「集世界之美」在加拿大由捷克流亡出版社印行。捷共政府也特准上述兩部詩集正式出版，但限印五千册，竟導致羣衆排隊搶購。捷共對老詩人採取「懷柔」政策，一方面固是製造開明形象，另一方面也因爲塞佛特廣受人民愛戴，是公認的「民族詩人」。

一甲子以來，塞佛特以其卓越的詩藝，爲源遠流長的捷克詩歌傳統注入新生命；更以其道德勇氣和介入精神，在國家民族危急存亡之際，樹立堅毅不屈之典範。一九八四年諾貝爾文學獎的頒贈，不但是塞佛特的光榮，也可說是捷克民族精神的再肯定。

附識：本文資料及一些論點，分別參考 Alfred French, Maria Nemcova Banerjee, William Harkins, Antonin Liehm, Cecil Parrott, Ewald Osers, Milada Souckova, Igor Hajek, Arne Novak 等捷克現代文學工作者的研究，不敢掠美，特此聲明。此外，一九六七至六九年的 *East Europe Monthly*，使我對布拉格之春的悲劇，有更爲深刻的認識。

（一九八四）

「靜靜的頓河」是否剽竊的？

一九六五年的諾貝爾文學獎頒發給「靜靜的頓河」之後，使到蕭洛霍夫成爲諾貝爾獎歷史上第三位獲此殊榮的蘇俄作家（前兩位是一九三三的伊凡・布寧和一九五八的巴斯特納克）。

蕭洛霍夫獲獎時是六十歲（出生於一九〇五年）；而在西方人士眼中，其形象並不甚佳，普遍目之爲俄國御用作家，有點接近「歌德派」。然而，「靜靜的頓河」在一九二八年問世時，蘇聯文藝評論家的反應却不是正面的。不少論者將蕭洛霍夫視爲「異己分子」、「布爾喬亞的同路人」，而「靜」書更被指爲宣揚「富農思想」，並忽略了對「反動的哥薩克羣衆」作出批判。幸而當時蘇聯文藝界思想較爲開明的權威批評家盧那蔡爾斯基挺身而出，大體上肯定了「靜靜的頓河」，這本小說才能繼續流通。反之，在這部書剛問世時，歐洲文藝界的反應非常熱烈，推崇備至。其中羅曼羅蘭甚至譽之爲托爾斯泰現實主義傳統的繼承者。及至蕭洛霍夫在一九三五年出版「處女地的開墾」，歌頌俄國農業的集體化，得到斯大林本人的讚揚，其地位自始確立，成爲俄國文壇的不倒翁，而「處女地的開墾」更成爲高中學生及農場幹部的必讀作品。

不過，當蕭洛霍夫尚未被法定爲「社會主義現實主義」作家，仍被評論家攻擊的時候，在一九二八年年底，其家鄉頓河地區的報章，就曾多次發表專論，認爲「靜靜的頓河」並不是蕭洛霍夫本人的創作，而是一位在內戰時戰死的白軍軍官所作，蕭洛霍夫不過是偸竊其手稿，加以整理發表而已。當時甚至言之鑿鑿，說此事俄共中委會及檢查機構都知之甚詳，甚至擁有原來材料。由於這個說法涉及俄共領導階層，在一九二九年三月間，俄國作協（卽「拉普」）不得不出面干涉，以法捷耶夫等爲首，在「眞理報」上發表公開信，正式闢謠。

但在闢謠後不到一年，名作家及編輯安特列耶夫逝世十周年的文集在莫斯科出版，書內收入安特列耶夫一九一七年九月三日致一位歌洛烏索夫的私函，提到後者一篇題爲「靜靜的頓河」的隨筆，表示可在主編的「俄羅斯意志報」上發表。於是，剽竊之說又再不脛而走，弄得滿城風雨。但在斯大林對蕭洛霍夫加以肯定後，這些傳聞和疑問便頓時消聲匿跡。

到了一九六五年，由於蘇共鞭屍斯大林，文藝界略得解凍，頓河地區一份報章發表了題爲「不該被遺忘的名字」之專論，隱約地重提剽竊之說。這篇文章主要是重評一八七〇年出生的頓河作家克魯柯夫（F. D. Kryukov），認爲這位曾出版兩册短篇小說，在一次世界大戰前頗爲知名的地區作家，自有其重要性，不應爲文學史家所忽略。克魯柯夫畢業於聖彼得堡歷史語文學院，一九〇六年間是頓河軍團的代表，也是人民社會黨的創辦人之一；在一八九二年開始發表創作，後曾任「頓河新聞」編輯，於一九二〇年二月逝世。其生前作品著重於頓河哥薩克多彩多姿的生活，頗富鄉土色彩。由於長期紮根在家鄉，克魯柯夫對哥薩克的風土人情及整個內戰時期該地區的歷史社會變遷，瞭如指掌。最引人注目的是，克魯柯夫的生平經歷，與「靜靜的頓河」的主角，可說完全脗合。據這篇專論報導，克魯柯夫生前創作不斷，累積下不少手稿。這些草稿都珍藏在一隻鐵箱裏，但在一九二〇年逝世後，鐵箱却失蹤了。這篇專論刊出後不到兩個月，蕭洛霍夫獲得諾貝爾文學獎，當時蘇共總書記布里茲涅夫還拍電致賀，於是陣陣疑雲又告煙消。

一九七四年，索忍尼辛出亡巴黎後，整理並發表了一位匿名的俄國學者研究這宗公案的專書，題爲「靜靜的頓河之急流」。這部書共有「分析」、「偵探」、「政治」三個部分，由匿名的俄國學者執筆。前言和結語則由索忍尼辛負責。索忍尼辛指出，刊行這部專書，是「希望終有一天，讀者能在沒有外來添補、扭曲、遺漏之情況下，欣賞這部偉大的作品；而這部小說爲一個恐怖時期作出獨一無二的鐵證，是應該重獲讚譽的」。

索忍尼辛及匿名學者在這部專書中提出了不少疑問，具體地支持「靜」書原作者實爲克魯柯夫之說。以下是幾個重點的摘要。第一點是蕭洛霍夫的年齡。「靜」書出版時蕭洛霍夫才二十三歲，是初登文壇的青年作家，其原有教育程度是小學四年級。單憑自修，恐怕短時期內文字難得如此精鍊。

第二點是經歷。一次世界大戰時蕭洛霍夫才十歲，談不上什麼個人參與。內戰結束時才十四歲，但「靜」書却「生動地和異常老到地刻畫了一次大戰和內戰情況」。蕭洛霍夫原有經歷僅於

夫的解釋，手稿全毀於戰火。但那時蕭洛霍夫已經成名，「既是區內首先會取得運輸工具、運走自己珍貴檔案的人」，竟然「因爲一時粗心而沒有這樣做」，實在難以置信。

在索忍尼辛這部揭秘出版後一年，另一位俄國「離心分子」米德特夫也在國外出版了「蕭洛霍夫生平事跡考」，大體上再次肯定「靜」書原爲克魯柯夫所作之說。這兩部書的刊行，使到歐美文壇一時大爲震撼，有些論者甚至攻擊諾貝爾獎文學委員會選擇上之不當。另有一些學者則認爲，卽使索忍尼辛的揭秘並不完全正確，最少也證實了近半世紀以來，俄國學者鍥而不捨地爲「靜」書作者做翻案文章，實非空穴來風。由於此事轟動西方文藝界，不少俄國文學專家都有發表專文討論。其中最值得注意的，是挪威現代俄國文學專家蓋亞•基紮沙一九七六年在「北歐斯拉夫學報」上發表的研究。基紮沙運用電腦來作文體比較，認爲將各項句型、語法、字彙輸入電腦後，蕭洛霍夫與克魯柯夫在語言風格是有差距的。而蕭洛霍夫的語言風格在前後期作品中，是相當一貫的。另一方面，也有論者反駁說，如果「靜」書是蕭洛霍夫剽竊而來的，則後期作品在風格上刻意模仿克魯柯夫，應是理所當然的。同時，蕭洛霍夫後期作品，在成就上遠遠不及「靜靜的頓河」，可見問題並不是語言風格那麼簡單。

一九七八年間，蘇聯擧行全國性會議，慶祝「靜靜的頓河」出版五十周年。會中作協書記范特林發表評論，特別指出「靜靜的頓河」的產生，是基於「蕭洛霍夫對頓河現實的理解和對生活眞理的觀察」，而「靜」書的世界則是無法復現的。范特林的說法不但在國內發表，且刊登在俄國對外刊物上，顯然是針對西方學界及索忍尼辛的翻案文章。不過，這樣一來，却是越描越黑，更有「此地無銀」之嫌。至於「原作者」蕭洛霍夫，則始終對此事不置一詞，長期保持沉默。

由於政治力量的干擾，以及客觀公正的研究無法在俄國境內開展。看來這宗剽竊公案，勢必長期成爲文學史上的一個謎。不過，一個國家的諾貝爾文學獎得主，指控另一位得主是浪得虛名的文抄公，這在世界文學史上，恐怕也會是「空前絕後」的了。

（一九八三）

盧卡契眼中的索忍尼辛

問：歐美不少批評家對索忍尼辛已有很多的評論和研究，何以對近年去世的盧卡契的意見如此重視？

答：因爲盧卡契可說是西方「新馬克斯主義」的創始人，他是當代西方美學大師，也是早年匈牙利共產黨的高級領導人；一九五六年間又擔任匈牙利納吉政府的中委兼教育部長，在蘇軍入侵匈牙利後，曾長期被軟禁。

問：這樣說來，以他的身份和背景，而對索忍尼辛的作品推崇備至，豈非是「離經叛道」？

答：他自己倒沒有這樣看。他甚至認爲索忍尼辛作品裏的現實主義作風，才是眞正的「社會主義現實主義」，也是後者的新起點。

問：現實主義這個名詞人人都用，在繼續說下去之前，恐怕還是先弄清楚一點才是。既然索忍尼辛的小說，有一些曾在蘇聯正式出版，又和「社會主義現實主義」有何不同？

答：在蘇共將斯大林鞭屍之後，爲了配合政治目的，赫魯雪夫曾經親自批准出版索忍尼辛的

「集中營的一天」。這種情形，與七十年代末中國大陸上「傷痕文學」的出現，是頗爲接近的。當時索忍尼辛的作品曾風行一時。因此盧卡契才能趁着這個機會，將他的分析發表出來。至於「社會主義現實主義」，在蘇共的老牌教條說法中，是指共產社會「光明面」和「英雄人物」的描刻；因爲在理論上，進入社會主義「新時期」之後，剝削、壓榨和侮辱種種「黑暗面」就不復存在，因此小說反映出來的現實也就應該是「光明」的。不過，盧卡契根據西方古典名著，亦早已發展他自己的一套現實主義文藝觀。他認爲現實主義不單是題材上的現實性，或是創作手法的逼眞及實描，而是所謂「典型性」和「全體性」的辯證結合。盧卡契的「典型性」，就小說人物而言，固然不是公式化人物，而是要有血有肉、生動而具體的。尤其重要的是，這個人物的經驗和命運要包含主要歷史社會層面，具有其特定階層的共同特色。通過這個人物的發展、情節的推動、不同角色的互爲糾葛，社會的動力和矛盾便能够戲劇化於複雜的人際關係裏。所謂「全體性」，不是指描繪細節的堆砌，或社會背景的大量揷入，而是指透過典型人物的發展、互爲交錯和結局裏，具體呈現出來或明或暗的社會矛盾，從而反映出社會的發展狀態和傾向。因此，典型性和全體性是二而爲一的觀念。典型人物可以呈現全體性，而全體性基本上是以典型人物爲主。

問：這一套說法聽來有點抽象，還是談一下盧卡契對索忍尼辛的實際評析吧。

答：盧卡契對索忍尼辛的分析，基本上還是沿承這套文藝觀的。首先，他認爲斯大林時期通過文化沙皇日丹諾夫炮製出來的社會主義現實主義，不但與社會主義無關，亦與西方現實主義的偉大傳統有所悖逆，而只是「革命浪漫主義」，一種「空想」和「朝前看的理想」的混合體，實際上變成對眼前現實的蒙蔽，使到作品淪爲「圖解政治」的文學。這種「政治圖解」自然與典型性無關，而典型人物往往也就墮落爲「典範人物」、「樣板人物」，是空洞浮泛的「理想」人物，是概念的產品，不是從眞正現實中提鍊出來的。盧卡契認爲，「集中營的一天」裏的主角伊凡，並沒有在小說中的一天遇到什麼波折，更沒有什麼驚心動魄的事件。而小說結束時，伊凡更指出，這一天甚至可說是集中營裏「較好」的一天。「正因爲這樣，一些典型的問題才能深刻地描劃出來」。「儘管這部作品的構思並不是象徵性的，卻能蘊含强烈的象徵效果；而斯大林社會裏日常生活的問題，也能透過其描寫間接地呈露出來」。換句話說，「這個集中營也就是斯大林社會日常生活的象徵」。然而，索忍尼辛並沒有堆砌細節，「其描寫手法是極爲經濟的。因此，小說中的細節都是非常重要的。……一小塊麵包，一小段繩子，每一片石頭和金屬，都可以是延長生命的工具。……一個幹部的面部表情和手勢，都要立卽有具體的反應，不然就可能會惹來橫禍」。「每一細節都是生存與沉淪之間的選擇，每件物體都可能是命運的轉捩點。在這種情形下，個別物體偶然的存在無可避免地與個別命運的軌迹結合在一起」。因此，這個極爲貧乏的現實，構成一個「象徵性的全體性，顯露出人們生命裏重要的一面」。盧卡契又說，這部小說的重要性並不全在於其揭露斯大林時期的恐怖，「因爲這個題材在西方文學中早已存在多時」，且在鞭屍斯大林後，初步震撼卽在共黨國家亦已過去；而在於「索忍尼辛能通過創作，將一個典型的集中營裏平凡的一天，轉化成一段尚未過去的歷史的象徵」。「索忍尼辛成功之處，正在於他能藝術化地提出了這些問題：這個時期對人有何要求？那一個人證明了自己是一個人？那一個人挽救了自己作爲人的尊嚴和誠摯？那一個人堅持下去？怎樣堅持下去？那一個人保存了起碼的人性？而這個人性在那裏受到扭曲、破壞和毀滅？索忍尼辛將視野嚴限於眼前的集中營生活，使得他能同時相當具體和普遍性地提出這些問題。這個特殊境況，使得自由的人類在生命中經常遇到的種種政治性和社會性選擇，蕩然無存」。

問：索忍尼辛的作品稍後在蘇聯再度被禁，後來其重要作品如「第一層地獄」和「癌症病房」都要偸運出俄國，在西方出版。盧卡契對這些作品有沒有評析？

答：他不但詳細分析了這些作品，甚至推崇爲「當代世界文學嶄新的高峯」。他認爲這兩部作品才是眞正的「社會主義現實主義」，且也發揚光大了托爾斯泰和杜思妥也夫斯基的偉大傳統。從比較文學的角度出發，盧卡契將索忍尼辛與湯馬斯·曼相提並論，認爲前者在長篇小說中技法的實驗，絕不下於後者的「魔山」；而湯馬斯·曼向來都被盧卡契視爲西方「批判現實主義」的最後一位大師。在論及社會主義現實主義的未來發展時，盧卡契曾有以下的呼籲：「假如社會主義國家的作家對其職責有所反省，假如他們對當前的問題，再度感到負有藝術責任，那就必定能解放出龐大的力量，向眞正的社會主義文學的方向滙流。這個轉變和新生的過程，必然是與斯大林時期的社會主義現實主義決裂；而在通向未來的道路上，索忍尼辛的作品是一座里程碑」。

（一九八二）

聖約翰・濮斯書信裏的中國

「他的詩作高昂飛揚，意象撩人，以一種靈視反映我們時代的情況」。這是一九六〇年諾貝爾文學獎頒給法國詩人聖約翰・濮斯 (Saint-John Perse) 時的頌詞。在瑞典學院永久秘書的頌獎致詞裏，特別提到濮斯一九二四年出版的史詩「安納貝斯」。這首長詩處理的是亞洲沙漠裏的一次神秘旅程，其語言晦澀，意象濃稠，形式奇特，曾困擾不少批評家和讀者。這首詩出版後，濮斯一舉成名。在艾略特將這首詩譯成英文後，濮斯更爲大西洋兩岸的英語讀者所注目。但不少讀者不知道的是，這首爲濮斯日後獲得諾貝爾獎奠基的長詩，最先是在北平城郊一座荒置的佛寺完成。

濮斯本名 Alexis Leger，一八八七年出生，很早就開始創作。在波度大學法學院畢業後，曾遊歷西班牙、德國、英國等地。與當時歐洲文藝界的主流人物，如保羅・克勞代、紀德、梵樂希、康拉德、史特拉汶斯基等都有往還。一九一四年進入法國外交部服務。一九一六年派至北平法國大使館擔任三等秘書。在駐華期間，濮斯的外交生涯相當順利，昇任至一等秘書。一九二一年奉召回國，翌年出主法國外交部亞洲及太平洋事務。隨後在一九三三年昇任爲外交部總秘書（相當於副部長）。在法國淪陷時，濮斯出亡美國，但被當時的維琪僞政權剝奪公民權，沒收財產。駐守巴黎的德國蓋世太保更搗毀其公寓，消滅其未發表稿件。濮斯自此滯留美國，一直要到一九五七年才重返法國。

濮斯來華時，正值中國現代史的風雲激盪。在信札裏，詩人以少有的睿智和敏銳的觀察，爲當時中國社會的劇變，留下一頁珍貴的記錄。濮斯駐華近五年間，書信頻繁，今日尚能見到的還有四十封，約八、九萬字。這些信件大約可分三類。第一類是對時局的分析和報導，多是致外交界友人，例如好友兼上司的菲立•巴夫洛特（當時擔任外交部總秘書）。第二類是家書，都是寫給他母親的。第三類是致文友的信。但綜觀其信札，多以中國的動盪爲主，文學問題反而出奇地少。

濮斯抵平後，要到一九一七年一月三日才發出第一封信。在這封信裏，濮斯一再指責當時駐平西方使節團的短視和自我隔離。相對於當時西方外交官認定中國缺乏蛻變力的說法，濮斯則强調中國正面臨前所未有的巨變，而從這場混亂會誕生出一種新文化和新社會制度。他認爲中國傳統農村結構開始崩潰，因此有利於「社會集體主義」的茁長。身爲西方國家的外交官，濮斯懼怕「中國終會走上集體主義，非常接近最教條的列寧式共產主義」。在一九一七年，中國知識界對馬列思想的認識非常有限，更談不上什麼組織力量。因此詩人的預言，從歷史角度觀之，實在令人吃驚。他又說：「相對於時下所有的意見，更無任何故作驚人之語的企圖，我堅信，中國的農民有一天終會成爲中國大革命的基本元素，所以在地球這廣濶的一角，中國農村的羣衆終將決定整個亞洲未來的地緣政治的道路」。

基於上述的顧慮，濮斯在這封致法國外交部總秘書的信件裏，認爲英法等盟邦應努力勸說中國對德宣戰，卽使停戰後中國能由此獲益。濮斯指出：「這是將中國牽進西方列强的軌跡及家庭的最佳方法，更可由此導致偉大的共通國際性政治瞭解」。不過他旋卽警告說：「但如果我們令中國失望，對西方來講，其後果會是極爲嚴重和無可挽救的，而只有俄國人會因此獲益」。結果濮斯是不幸言中。中國參加歐戰後，在巴黎和會上不但沒有爭到絲毫好處，又再喪權辱國。這與當時北洋政府的顢頇無能自然有關，但西方國家的短視和帝國主義作風也是重要原因。在梵爾賽條約公佈後，濮斯在一九二〇年四月二十一日去信巴黎，沈痛地指出：「我爲可憐、不快樂的中國所擔心的一切終於發生了。巴黎和會對中國的侮辱是無以復加；與盟軍共同參戰對他一點好處都沒有。梵爾賽拒絕將德國人佔領的山東交回盟邦的中國，反倒轉移給日本作爲戰爭補償；比起中國其他的民族要求，這是對中國的顏面最粗暴的掌摑。……山東一向被視爲中國文化的搖籃，也一直是中國人民的聖地。全中國的眼睛都集注在這個省份。完全無法想像的是，和會裏竟然沒有一個人體會到，山東問題這種不公平的處理會帶來的無可避免的後果。不出十年，我們就會感到這些後果的撞擊，確使中國在將來能親向西方的好機會就此喪失。祇有蘇聯會從這一切馬上賺取好處。事情會發展至此，實要歸咎於英國政策短視的愚昧……基門索（法國要人）對亞洲的無知和……威爾遜精神的完全崩潰」。濮斯更擔心中國知識界親西方一派會完全垮台。事實上，巴黎和會後，「新青年」便開始向左轉，陳獨秀等人徹底幻滅。

但濮斯對中國知識界的走勢一向相當低調。雖然身為法國外交官，他努力要促使中國接近西方，但在私人信件中却不時流露出他的「悲觀」。早在一九一七年九月二日致法國詩人保羅·梵樂希的信裏，濮斯說：「新中國對十八世紀法國哲學思想和那沈悶的孔德實證主義的嚮往，會令你驚訝。然而這全都是借來的裝飾，不久就會被馬克思和恩格斯所替代」。濮斯當時並不通曉中文；比起其他外交官，他與中國民間的交往雖較廣泛（並因此引起英國使節的不滿），但認識終究有限。他指陳共產主義在中國的吸引力，所據為何，由於信上沒有再鋪陳，今天更難確定。

在他發出這封信前不久，北平發生張勳復辟的鬧劇。在僅有十二天的復辟裏，由於大使剛好不在省都，濮斯本人在中國現代史的一幕短劇裏，也扮演了一個角色。張勳復辟政變，就任民國總統才一年的黎元洪匆匆躲入東交民巷的法國醫院，但家眷則被復辟部隊監視。當時濮斯透過個人交涉，獲准前往接管直系親屬，但行前對其任務實無多大把握，結果不但接出直系親屬，連姨太太等也成功帶回大使館。濮斯自己的記述如下：「在危機當中，北京不少老百姓驚惶四散下鄉，將首都留給張勳將軍的暴徒……我與一些中國朋友的交情，使我被委託一項頂奇怪的任務：我被選去用汽車救運總統的太太、女兒、兒子和姨太太；他們被保皇的獨裁者扣為人質。……整件事的過程相當有趣；在民國部隊來臨前的大恐慌中，我由大使館譯員陪同，在紫禁城中耗費三個勞累的鐘點；但相對於大使本人的看法，我堅信當時我自己並無生命危機。然而，我要保護的總統家屬當然有理由恐懼，……他們在我住所居留了幾星期，我的窗簾還染有一個中國小孩的小手所製造的果醬污漬。幾日後凌晨四時我們被民國部隊的總攻擊吵醒，大砲、機關鎗和來福鎗一直響至下午三時。……我們的損傷不大」。

濮斯在前提及的「中國朋友」，相信包括當時歷任北洋政府外交總長的陸徵祥。陸氏在清末曾出使帝俄和海牙和會，精通法文，曾翻譯過一些法國作品，並與一位比利時女士結婚。在陸氏率領中國代表團前往巴黎和會時，濮斯曾託帶一封私人信件給他母親，在他給母親的信裏，濮斯對他與陸氏的交情有這樣的描述：陸先生「是我的私人朋友，這在中國官僚圈子裏相當難得，因爲當官的人要發展親密個人關係是有很多障礙的。長久以來，他一直對我極爲信任和同情，無視於我們年齡的差異和外交禮儀上的顧忌。在這個時期的中國政治圈，他實在是相當特別的人物；而他的道德權威來自他超然於派系鬪爭的獨立性」。濮斯對陸氏的個人能力和品德也相當推崇。至於陸氏是否值得如此推許，則恐怕要我國史家才能下一斷語。由於濮斯母親是虔誠教徒，他還特別報導：「這位崇敬孔夫子的中國紳士也是天主教徒——在中國官僚界極爲罕見的、一位眞正虔敬的天主教徒。……我很容易可以在想像中，看到他在困境和孤獨中，在歐洲的修道院渡其餘年。」濮斯的想像後來又竟成爲事實。陸徵祥在一九二七年於比利時出家，成爲天主教僧人。

陸氏以外，曾替濮斯帶信（包括致外交部及勞工部的函件）赴法的尚有梁啓超。濮斯在給母親的私人信中，對梁啓超當時的思想有頗爲仔細的描述，並形容梁氏爲「我認識的中國人物中最爲投合的其中一位」。又說：「在這裏他的外號是『知識份子裏的王子』：但這位傑出的作家，受國民責任及愛國心所驅，不時都要放下他純粹的文學工作，來介入南北間的紛爭，爲和解及國家復甦而努力。透過演講和寫作，他現在只以社會改革者、經濟學者、和法律家的姿態出現，很像一位十八世紀的法國作家」。

濮斯旅華期間所寫的信，以家書爲主。致文友的信主要有三封，分別是給梵樂希、康拉德、和紀德。康拉德對中國非常好奇，顯曾去信濮斯探問。在回信中，濮斯詳述當時上海碼頭的一些狀況。大概爲了投合這位以海洋小說馳名的作家，濮斯更將他在戈壁沙漠的旅行經驗用海洋意象描劃出來：「在這裏，無垠的大地是想像中最完美的海的倒影，一個鏡子意像，彷彿是海的魅影。對海洋痴迷的記憶在此特別能感覺到。我自已能證實的一則謎是，在亞細亞高原及沙漠的核心，人與馬依舊本能地向東轉去，東方躺着無形的海的桌子，和鹽的來源。在這一刻，沉默的野地好像在耳中喚起遙遠的海的呢喃。……在戈壁沙漠遇到的駱駝夫的容顏裏，我有時以爲偶然捕捉到的眼神，就像遠洋海客的那樣」。濮斯的沙漠旅程，是他長詩「安納貝斯」的經驗及意象源頭。但在他後期詩作裏，海洋也是非常鮮明突出的意象，因此這裏的刻劃並不偶然。

康拉德之外，後曾獲諾貝爾獎的紀德當時也有意來華一遊。一九二一年五月十日的回信中，濮斯說：「你抵達時我已不在中國了。你會喜歡那無名和陰曆的大地，空間卓然獨立，形似時間。你尤其會喜歡北京，世界天文中心，超越時空，是『絕對』的存在。更要趕快在它沒落前去看紫禁城——美妙的抽象，是心靈最終摸索的石陣，這個世界最後的『幾何聚合點』。」但紀德的中國行結果未能成事。

紀德對中國的興趣似乎只限於旅遊。但梵樂希顯然曾來信探問中國詩。濮斯的囘答相當無知：「至於中國人心目中的詩，我們還是不要談吧。我們對詩的原則的老爭論，在這裏全不適用。中國人的詩觀一向服膺於最學院性的工整，因此沒有觸及詩的眞正神秘根源」。梵樂希的詢問反映了法國象徵派詩人對中國詩的好奇和憧憬。但濮斯的囘答相當出人意表，因爲從另一封書信中，我們知道他是讀過高蒂哀在一八六七年出版的中詩法譯「綠玉集」。這本詩集在法國詩壇曾發生過一些深遠的影響，也是好幾位現代拉丁美洲詩人認識中國詩的媒介。筆者一九八一年向美國詩人王紅公訪談諾貝爾獎波蘭詩人米洛茲時，王紅公也提到這本集子，並說米洛茲最早對中國詩的認識部份亦溯源於此。不過，濮斯對中國的無知，並不僅限於詩。在書信中談到中國思想、宗教、和市井生活的地方，時有失誤，顯示出無可避免的文化隔閡。

儘管濮斯對中國詩認識貧乏，但中國的高原和沙漠却曾爲他的成名作「安納貝斯」提供豐富的靈感。在駐華期間，濮斯除大使館的住所外，尚另賃居城外一座失修多時的佛寺，作避靜之用。一九一七年八月二日致他母親的信中，濮斯對周遭環境報導得很詳細：「我在一座小佛寺的深處給你寫這封信。這廟座落北京西北的磷峋高地上，讓我短暫逃離疲憊和酷暑。在我脚底的是上回豪雨泛濫過的山谷；放眼遠眺，我看到的是蒙古高地所形成的第一重龐聳的山嶺。每兩天就有人騎馬給我帶訊和補給，有時甚至是大使館的公文。……在廟的最高點是殿堂，非常破落但仍完整。……在懸崖上佛像的殘骸與日常廢物一併拋置。但我的行軍牀就張設在神臺前，所有的大窗戶都向純粹的黑夜開放……人的精神在這裏至爲安寧，幾乎是無窮盡的；夜晚更是甜靜，遠離北京的市囂。彷彿可以聽到時間的消逝，這特殊的時間，在中國似乎要比別處消失得更緩慢。這兒的轉變和扞格是這麼大，或許我竟會被誘惑去重新拿起我的筆，雖然長久以來都決定不要這樣做。對一個外國人而言，這實在是一個奇特而無法吸收的國度，但對此我尤爲感激。在遠處，唯一進入視野的是駱駝道路的淡黃線，直通到西北和中亞細亞……」。濮斯自加入外交部後，曾有意暫停創作，並將詩人身份與外交官劃分淸楚。後來用筆名濮斯發表詩作，也一直嚴守秘密，姿態很低。法國政界向不乏著名文人從政。戰後的馬爾勞固是顯著例子，與濮斯同時服務外交界的也有克勞代、紀侯度、莫蘭等；但他們都繼續活躍文壇，因此濮斯的做法純是個人選擇。意想不到的是，在這座拼音裏稱爲 Tao-Yu 的佛寺裏，濮斯終於重拾綵筆，寫下成名作「安納貝斯」。濮斯來華雖對當時的文壇毫無刺激，但中國却肯定成爲 Lei Hi-ngai（濮斯漢名譯音）創作生涯中的轉捩點。

（一九八二）

II

現代詩的英譯

——評榮之穎的「臺灣現代詩選」

在一九七一年，加州大學的葉維廉教授曾由愛奧華大學出版一部「中國現代詩選」(*Modern Chinese Poetry*)。一九七二年夏末，一部性質類似的「臺灣現代詩選」(*Modern Verse From Taiwan*)由加大出版部推出，譯者是俄立岡大學中文系的榮之穎教授。

一本翻譯的詩選，除開編選，最重要的自然就是翻譯是否合格，甚至精彩。在談這個問題之前，我們不妨先審視一下入選的詩人和作品。

葉維廉的選集共收二十位詩人，另方莘「夜的變奏」一首。誠如榮教授在序言中所指出：「編一本選集最困難的工作往往就是評選。」(頁十八，譯文力求信實。)一本詩選是否眞正具有代表性，那就得看編者在編選過程中，能否摒除一己的喜惡，以公正而客觀的眼光去從事這項工作。另一方面，編者的批評和鑒賞能力也同時面臨最大的考驗。一部能够流傳後世而又能供文學史家作指路標的選集，往往就是詩選家欣賞能力的正面肯定。

在兩部詩選同時入選的有鄭愁予、紀弦、覃子豪、周夢蝶、方莘、敻虹、洛夫、羅門、白萩、瘂弦、葉珊、葉維廉和余光中十三位。其中方莘在葉維廉的集子裏，只附有一首，嚴格來說不能算是入選，而這也是葉維廉集子的小缺陷。榮敎授所選的其他七位詩人是張健、張秀亞、鍾鼎文、胡品清、林泠、楊喚和蓉子。其中女詩人佔了四位。葉維廉和榮之頴不同的八位是商禽、管管、黃用、季紅、方思、張默、辛鬱和崑南。

榮女士在序言中力陳其評選標準是以詩人的「技巧或創造性」，或是「對年青詩人的啓導性的影響」（頁十九）。這樣說來，如果洛夫和葉維廉是以這個準則入選，那麼同隸一社的商禽和管管，在語言和形式方面的創新，與對後起作者的啓示，大概也不容忽視吧？榮女士的序言尙提及另一編選原則：「……從不少傑出的詩人中，我選出二十位我認爲是臺灣新詩發展上不同時期裏重要的作者」（頁十九）。依照這個標準，商禽和管管固然不該漏掉，而在楊喚、張秀亞、胡品清等都已入選的情形下，人選方面是否還得增加和調整一下呢？例如「現代派」的方思？甚至「藍星」時代的黃用？當然，由於批評角度的差異，榮女士絕對有權去「認爲」某作者比其他一些作者更爲「重要」。此地所提出的意見，不是要強人所同，只是作一個參考。

葉維廉的選集，一如其序文所言明，限於一九五五到六五年間建立起自己聲音的作者。榮敎授雖未明確地立下界限，我們從書後所附的引用書目來推敲，這本詩選大概止於一九六九年，比葉維廉的要多出一截。就整個中國現代詩在臺灣的發展而言，大多數創作不懈的重要詩人，在這段期間開始步入中年，作品都有更圓熟的表現。按理說，榮女士對各入選詩人的近作該有更大的把握。然而榮女士似較爲偏愛於早年的作品。瘂弦在這本選集中共入選十一首，其中有四首就是瘂弦自選集「深淵」所摒棄不選的。葉維廉的「城望」也是他本人沒有收入「愁渡」的。洛夫的情形剛好相反，「外外集」要比「石室之死亡」選得更多，前者以「之外」爲題的十五首詩共選入九首。「外」詩在洛夫的創作歷程中，依我的看法，是「石室之死亡」和「西貢詩抄」的過渡時期，也是洛夫的詩在語言上明朗化的開端，但就詩言詩，恐怕不是洛夫最好的作品；「西貢詩抄」的十多首詩才是這個階段語言上的實驗的開花。所以，榮女士所偏好的，不見得全是早年的作品，而是比較明朗和「清楚易懂」的詩。「清楚易懂」甚至散文化正是早期一些新詩的格調，例如鍾鼎文和張秀亞。其他的詩人裏，余光中、周夢蝶和鄭愁予是選得較爲適切的。

榮教授的翻譯，大體來說，是以忠實爲主，然而就筆者隨手俯拾對照的一些例子來看，則不時逸出信達的範圍。例如葉維廉的一首少作「逸」的開頭：

In the serenity a sailcloth
of warm feelings darkly stirs

covering the quiet floor
autumn drops suddenly from the eaves
many sounds audible yet inaudible
many flames burning and not burning
encircle night's mysteries
subtropical belt touched by vision
autumn glides into stillness
the room sinks into silent, damp and empty preoccupation

寧靜之所在　一帆布的
發熱的感覺暗暗浮動
來復於默默的地板上
秋季從簷間突下
許多聲音未聞而聞
許多火焰未燃燒而燃燒
包圍之夜神秘了

亞熱帶的眼睛和視矚
秋季滑進寧靜之所在
房間沉入微濕空空的出神中

首先，原文五六兩行所描述的狀況都是已經發生的，其意義是肯定的（已經聞到和已經燃燒），照榮女士的譯法，則是聞與未聞之間，燃燒與未燃燒之間。當然，榮女士這樣一譯，對艾略特稍有認識的西方讀者，自然都會引起這方面的聯想；起碼在語法上，亦與榮女士介紹葉維廉時指其受艾略特影響的說法「不謀」而合。但，不能否認的是，這兩行是幾近誤譯。譯文第七行則將形容詞的「包圍之」讀成動詞，把動詞的「神秘了」看成名詞。比較正確的譯法應是“the encircling night mystifies”。由於這種誤讀，本來是待續句（run-on line）的第七行便無法和第八行連貫起來，那麼譯者自然只好把第八行一併修改，形容詞「亞熱帶的」改成名詞兼主詞，「眼睛」不翼而飛，「視矚」演化成“touched by vision”。本來上承第七行的這一行便獨立成一行了。這一行實應譯為“subtropical eyes and vision”方能和上一行配合（榮女士的譯法再轉化成中文便是：「亞熱帶被視矚所觸及」。）第十行的「出神」一詞被譯成“preoccupation”，與原文用意不符。這是指心頭有事情困擾的出神，與原詩遊離狀態的出神不同。在葉維廉的語彙中，「出神」是 trance（分見葉氏「中國現代詩選」序及「論龐德的震旦集」）。至於第一行的“In the serenity" 似乎也未能將原文的「所在」譯出，譯作 "Where quietude reigns" 比較貼切。第二行的「暗暗」譯成 "darkly"，也無法把輕輕和「鬼祟」的意義帶出，"furtively" 也許是較佳的代替。第三行的「往復」英文應是 "to and fro"，榮女士作 "Covering"，把「往來」的動態變成「覆蓋」的靜態，而且「覆蓋」也與原文不盡相同。

葉維廉的中文詩在榮女士的筆下，竟然如許「荒腔走板」，可能是由於葉氏的語言較爲艱澀。然而類似的錯誤也發生在余光中的作品，實在有點令人大惑不解。余光中的詩無論在語言和意象上，一向都相當透明。翻譯余詩所面臨的問題應該不是文字上，而是節奏上的。在節奏方面，榮女士所譯的「或者所謂春天」大體上尚差强人意，可是文義上有些地方就和原文有點南轅北轍了。該詩第三段如下：

或者所謂春天也只是一種輕脆的標本
一張書籤，曾是水仙或蝴蝶
書籤在韋氏大字典裏字典在圖書館的樓上
樓高四層高過所有的暮色
樓怕高書怕舊舊書最怕有書籤

第五行的讀法應是「樓怕高、書怕舊、舊書最怕有書籤」，榮女士大概一時大意，將這行誤讀成 the buildings dread the high-brow old books old books dread bookmarks，"high-brow" 者，「高額」是也，用來形容書本，泛指高水準的作品。榮女士的譯法，顯然是將「樓怕高、書怕舊」讀成「樓怕高額的舊書」。這樣一來，原詩中重覆的節奏固然踪影不見，詩人筆下的「舊書」更被硬派爲曲高和寡（或是高水準）的舊書。至於這一行之前，原文尚有一行「樓高四層高過所有的暮色」，譯文根本就漏去不譯。第三行的原文運用「字典」一辭的覆沓（第四行是「高」字，第五行則分別用「怕」和「舊書」），構成一種連鎖性，這在譯文中也蕩然無存。（第三行譯作 "the bookmark in the Webster in the library upstairs"）。

本詩最後一段有這麼兩行：

所謂蜜月，並非不月蝕
所謂貧窮，並非不美麗

the so-called honeymoon, even without eclipse
the so-called poverty, even not without beauty

這兩行加以解釋的話，是指蜜月也有月蝕的一天，貧窮也有美麗的一面。榮女士譯爲 "even without eclipse" 剛好是原文的相反。中文的「並非」和「不」相連，以英文的 "not without" 來解決，雖不完全勝任（起碼在這個例子），總也達意。但 "even not without beauty"，因爲有了 "even"，似不能脗合原文的意義。

余光中的「或者所謂春天」被刪掉一行，尚算不幸中之大幸，因爲洛夫的詩一連幾首都被隨意增刪行數。洛夫的「石室之死亡」形式上是以五行爲一段，兩段爲一首（或一節）的，洛夫在「無岸之河」雖將「石」詩分割成十多首，但形式上仍緊守這個格局；因此一位譯者面對這種緊湊而「一以貫之」的形式，也有追隨的必要。榮女士自「石」詩中摘譯致故詩人覃子豪的「火曜日之歌」，在最後一段，即將「是杯底的餘醉，是鳳凰飛翔時的燃燒」在譯文中劈成兩行。但在同樣以五行爲一段的「霧之外」，則把第一節的四五兩行「偶然垂首／便啣住水面的一片雲」合成一行："By chance bends down to bite a slice of cloud on the water"。在「海之外」，第一節本只四行，譯文變成五行。由於本詩每節行數不一，因此這個增添尚無傷大雅。這首詩的最後一節第二行有「背印」一詞（「因那嵌在沙灘上的背印」），英文只作 "back" ("His back ingrained in the sand")，和原文也有點距離。

原詩的文法結構被誤讀也是部份英譯的另一問題。例如瘂弦名作「深淵」的第二節最後三行：

冷血的太陽不時發着顫，
　在兩個夜夾着的
蒼白的深淵之間。

「在兩個夜夾着的」是一句待續句，所描述的是深淵。榮女士將之譯成：

The cold-blooded sun trembles constantly,
Sandwiched between two nights
　In the pale abyss.

於是，「在兩個夜夾着的」所形容的，是太陽被夾在兩個夜中間，而不是深淵了。本詩葉維廉亦有英譯，並經瘂弦在愛奧華大學訪問時校閱。這三行葉氏的英譯如下：

　The cold-blooded sun goes on trembling
In the narrow abyss

Between two nights.

這個譯法是把末兩行顛倒過來，以正確地將中文的文法結構及意義表達出來。至於「蒼白」改成“narrow”，大概是瘂弦自己的修改，而葉維廉亦註明本詩經過詩人自己修訂。

另一個例子是洛夫的「果與死之外」。該詩最後一節的第一行是「如一根燒紅的釘子挿在鼓風爐的正午」，鼓風爐而有正午，表面上似乎有點費解，其實是指鼓風爐的熱度之高，有如正午之爲一日中最熱的時刻，只是詩人把中間的比喻性連繫去掉，達致更濃稠的效果。榮女士譯作“Like a red-hot nail sticking into high noon's furuace”。這個譯法使鼓風爐的正午變成正午的鼓風爐，正午拿來形容鼓風爐，只見熱上加熱。(不一定就是最熱的一刻)，更與原詩的次序和趣味大相逕庭。洛夫自己的英譯比較起來要正確一點：“Like a red hot nail running into the high noon of a furnace”(見「外外集」附錄)。

除開上述這些問題，榮女士對部份詩人的用字遣詞也有欠妥善的把握。例如余光中「或者所謂春天」裏有句「廈門街的那邊有一些蠢蠢的記憶的那邊」，這裏所用的「蠢蠢」，隱含蠢蠢欲動之意，與題目的春天呼應，就不能簡單地以英文的“dull memories”打發掉。同一首詩的第二段第一行「或者在這座城裏一泡眞泡了十幾個春天」這個「泡」字固然是泡茶的泡，但直譯作英文的“infuse”就沒有把原文那種耗費美好生命的感覺傳達出來，何況把這一行譯成“perhaps this city has infused a dozen springs”，根本就是誤譯。原詩是詩人自己「在」這座城裏泡了十幾個春天，英譯大概看漏了「在」字，於是詩人的泡轉成這座城的泡。同時，這首詩結尾時有一句「所謂不成名以及成名」，是詩人夫子自道，「名」指的是文名，比較恰當的英譯該是“unknown or known”，而不應是“failure or success”這麼籠統。

洛夫的「火曜日之歌」在英譯裏也出現同樣的問題。該詩第一節第二行是：「且望着你脫光肌膚伏在睡眠上」。譯文爲“watch your lifeless flesh lying upon sleep”，以“lifeless”譯「脫光」似乎有點不信，何況「脫光肌膚」是洛夫詩中恆常變奏出現的意象，更應愼重處理。可能由於「脫光肌膚」是有點反邏輯性的意象，而譯者對這類型的意象都有將之平面化或刪修的作法，所以便改變成譯文中的“lifeless flesh”。同詩第五節最後一行「及至一種純粹展示其中」的「純粹」，譯文中是“something genuine”。恐怕在洛夫的語彙中，“purity”會是最中作者心意的譯法。這一行之前，榮女士以“returns”來譯中文的「旋入」，不無簡化之嫌。「旋」也是洛夫詩中常見的動作，“returns”不但不符原意，而且力量單薄，換上“swirls into”可能適當得多。

榮女士的英譯偶而也過份遵照原文。女詩人蓉子有一首詩題爲「紅塵」，就直譯爲“Red Dust”。凡是包涵更深一層指意 (connotation) 的字眼，在翻譯上，如果不是直譯或音譯，然後加註，例如歷史或神話的典故；便是將其潛藏的意義浮面，揉合於譯文中，亦可省去加註的累贅。

（例如劉若愚譯李商隱詩「James Liu, *The Poetry of Li Shang-yin*」即採前法。葛禮翰譯晚唐詩「A. C. Graham, *Poetry of Late Tang*」則部份採後法。）將「紅塵」直譯又不加註，一般西方讀者是否能够把握這個名詞的背後意義，而不會誤解成「紅色的塵埃」，實在很成疑問。同理，葉維廉「逸」一詩中最後一節第二行的「玄裳縞衣」直譯爲 "black and white attire"，如果不加註，也無法把披麻帶孝的意思表達出來，那還不如乾脆譯成 "mourning drapery" 來得比較明白。

榮教授書後附有引用書目，把所有選譯的材料列出，對讀者及有意深入探究的研究者頗有稗益。唯一的小疵是這個目錄偶有錯誤。例如方莘的「膜拜」，羅馬拼音應是 *Mo pai*，而不是 *Pai mo*。余光中的「蓮的聯想」不是「蓮之聯想」（*Lien chih lien hsiang*）。同時，本書出版於七二年，書目中亦列有蓉子一九六九年出版的「維納麗沙組曲」；而在選譯及書目裏，却沒有用上及列入葉維廉一九六九年出版的「愁渡」、瘂弦一九六八年的「深淵」、余光中一九六九年的「在冷戰的年代」和「敲打樂」、鄭愁予一九六八年的「窗外的女奴」和洛夫一九六九年的「無岸之河」，以西方從事書目的眼光來看，是否意味着作者收集材料時的缺失?

這篇簡單的評論並不是有意挑骨頭，只是隨手對照的一個結果。我相信榮女士在翻譯其他一些比較直沭性和「清楚易懂」（此地所指與明朗或透明無關）的詩人，應該會有較精彩的表現。

（一九七三）

奧菲爾斯的變奏

——評葉維廉的「眾樹歌唱」

一位早已發出自我聲音的作者，如果也從事翻譯，往往會在有意無意之間，讓自己的風格流入翻譯的作品裏。由於每個人對於用字遣詞，都會有個別的偏愛與偏見，卽使翻譯者並不從事創作，某種程度上的差別是無可避免的。但對於自我風格特强而又不能完全服膺艾略特「無我說」的作者，翻譯的過程往往是兩種風格的爭鬪。余光中在其翻譯的「英美現代詩選」裏，曾將傑佛斯的一段詩作如下的處理：

瀕此海豹之濱，而鷗翼
在空際如織網然織起
聖哉充溢之美。

誠如余氏自己在「翻譯和創作」一文所指出的，這一段詩如果落在「白話派」譯者的手裏，很可能就變成：

> 在多海豹的岸邊，許多翅膀
> 像織一張網那樣在空中編織
> 充溢得多麼神聖的那種美。

長久以來余光中一直致力把文言的濃縮和彈性鍛鍊進「左手的繆思」。這則譯文的定稿，對於研讀余氏作品的讀者和評者，未嘗不可視爲其個人風格的昭示。

葉維廉在一九七六年夏天出版的歐洲及拉丁美洲詩選「衆樹歌唱」亦可作如是觀。尤有進者，這本譯詩集無論在選材、文字及技巧方面，都可拿來反證和說明葉氏自己的作品及詩學。這並不是說葉維廉受到本集所選詩人的影響。事實剛好相反。這本詩選所翻譯的作品，不但用字造句受到譯者本人詩風的左右，連表達的方法亦偶受譯者的變動。在選材方面，所譯十二位詩人共涉義、德、西、法、希臘(古典及現代)等六種文字。就我們所知，葉維廉的外語造詣，除英文外，亦通曉法語。一九六九年由芝加哥大學出版的一部「當代法國詩選」就收有他自法文譯成英文的作品。至於古代的外語，似乎只懂古英文(當代我國詩人通曉古希臘文的大概只有王靖獻一位)。在這種情形下，現於加州大學教授比較文學的葉維廉，甘犯比較文學界不作二手翻譯的戒條，透過英文來介紹這些詩人，顯然是對他們的作品有獨特的喜愛。另一方面，由於要通過他人的英譯來捕捉原著的精神面貌，在翻譯的過程中，葉維廉的重新詮釋也因而增加比重，作爲詩人葉維廉的自我也獲得更大的活動空間。事實上葉維廉自己也意識到這個問題的存在。在介紹現代希臘詩人賽菲里斯（諾貝爾文學獎得主）的前言中，葉氏引述柏拉圖「詩是距離現實的第三重模倣」之說，笑稱不懂希臘文而去試譯，豈非是「第四重距離的模倣」。話雖這樣說，但個人的偏愛還是使他動了筆。

在現代詩史上，企圖以譯詩來推展詩運，作形式上的追求，頗多先例。英美詩壇在第一次世界大戰之前有以龐德爲首的「意象派」，引進中國古典詩和日本俳句來提倡改革。我國在新詩形式的摸索中，也有徐志摩的譯介浪漫英詩，和孫大雨仿照英詩「五步格」來翻譯「黎琊王」等例子。葉維廉早歲的一些譯作，如一九六〇年在「創世紀」發表的艾略特的「荒原」，在「現代文學」草創期刊出的聖約翰・濮斯，對於臺灣的現代主義詩運，不無推波助瀾的作用。但這本選集，不知何故，僅選入聖約翰・濮斯，而把可視爲「名譯」的「荒原」摒棄不收。其餘的譯詩，大多發表在一九七〇年及七一年間，其時隨著現代主義崛起的好幾位詩人（包括葉氏自己），早已建立起個別的風格，也成爲詩壇矚目的人物。在這種情形下，本集裏「歌唱」的「衆樹」，談不上有任何「運動」的意味，而只是詩人對自己喜愛的作品的一些「變奏」。

葉維廉在一九六〇年發表的「靜止的中國花瓶——艾略特與中國詩的意象」（現收入文集「

秩序的生長」），一再強調在艾略特的詩裏，意象與意象之間往往「不發生任何具有戲劇動向的關係；它們都是在同一平面上單純的存在。所以：假如我們要了解其間的關係，就要活動我們的想像去建立關係」。他又指出：「由於意象間關係之斷絕（如『序曲』）或由於文法上的含糊（如『一局棋戲』首段），可以產生暗示的最大力量」。葉氏的這些分析，事實上也可以套用於聖約翰・濮斯。早在一九三〇年，艾略特卽率先譯介這位一九七〇年諾貝爾文學獎得主的作品「遠征」。艾氏在前序中指出濮斯繽紛繁富的風景意象，表面上看來龐雜、獨立、互不關連，實際上是有意切斷說明性及連繫性文字的鎖環，讓意象自行演出。因此所有的意象重疊沉澱後所產生的效果或印象，讀者必須重新介入追尋其意義。讀者在品味聖約翰・濮斯作品時，如能把握這個「切斷聯想之鎖」的方法，對濮斯當能有更進一步的認識。

另一方面，對於研究詩人葉維廉的朋友來說，葉氏對艾略特詩法的解說，艾略特對濮斯的分析（葉氏亦曾提及），以及葉氏的濮斯翻譯，又可以視爲葉維廉早年詩作方法的註脚。排除意象之間說明性的「連結媒介」，使之極具暗示性地並列——這在一九五八年的「城望」一詩卽有雛形的運用；其時以跨句方式，每三四行集中表現一個主要意象，然後卽「割接」上另一小段，如是共連綿了一百零六行（見一九六三年的詩集「賦格」）。一九五七年的短詩「元旦」也是同一類型的例子。而一九五九的「致我的子孫們」則已濃縮至行與行之間的意象並置：

十四個太陽旋轉於低垂的天空下
獅子怒吼，我們靜聽滿樹喧嘩
瀑布沸騰著一切的感覺，沖彎了
一叢叢的理想。我們戰戰慄慄

這樣看來，葉維廉在好幾年後的介紹聖約翰・濮斯，一如艾略特之譯介濮斯，是一位詩人在另一位詩人的創作中，發現與自己不謀而合的「神似」；而在翻譯過程中重作「自我的肯定」。

「意象並置」的手法，艾略特的老友龐德早在一九一四年就曾詳細討論。在「渦旋主義」宣言裏，龐德曾借重其時西方並不熟悉的俳句來爲自己的理論撐腰：「貓的足印在雪上：／(彷似)梅花」。照龐德的說法，這首俳句的原作並無任何「彷似」或其他比喻性的連繫字眼，而只是他加插進去作說明用的。剔除連繫或說明後，這兩行詩成爲具體意象的並列，是兩個分立的視覺單元，兩者之間的關係只有隱然的暗示，等待讀者主動地以想像力來塡補其互相折射的意義及關係。因此，龐德自己那首膾炙人口的「巴黎地下鐵」小詩（「人羣中這些臉孔的魅影：／濕黑枝頭的花瓣。」）也得從這個角度來觀察。我們得馬上補充的是：照語言學家羅曼・雅克愼的分析，這種「並置性」的、類近「換喻」的手法，和比喻性的表現相較，談不上孰優孰劣。而其交替出現，則決定於作家個人選擇，同代文風傾向，以及文類的需要。例如整個現代藝術作爲符號系統來看，比較傾向於「並置性」手法；艾森斯坦的映象蒙太奇及立體主義的多角度同時呈現都可作爲佐證。

葉維廉對這種並置手法的知性認識，始於一九六〇的艾略特專論，而在英文專著「龐德的震旦集」（一九六九普林斯頓大學出版），則有更爲詳盡清晰的討論。葉氏指出這種表現方法在中國古典詩也是相當普遍的。在一九六九的「中國現代詩的語言問題」一文（亦見「秩序的生長」），葉氏引李白的一行詩「浮雲遊子意」以爲例證。按葉氏的看法，由於中文文言語法的彈性，這一行詩可以沒有「連結媒介」而靠並置來產生意義。它既可解作暗喻式的「浮雲是遊子意」（亦可倒過來看），又可讀成明喻式的「浮雲就像遊子意」。但這兩個意象之間的「類同性」和關係，以及所暗示的遊子心態，對於讀者來說，並不是很大的挑戰。然而原詩「在造句法上並沒有把這相似之處指出，沒有指出和沒有解釋的趣味，一經插入『是』、『就像』等連接字眼的話，便會被完全破壞。就這個例子來說，我們是同時看到浮雲與遊子（及他的心靈狀態）……的同時出現，一如兩個不同的鏡頭的並置」。

葉維廉一九七〇年譯出的西班牙詩人馬札鐸的詩，在表現方法上非常接近這種並置的技巧；尤有甚者，葉氏更將其理論的認識作明顯的實踐。例如馬札鐸「一張年輕的臉」的後半：

白色的小徑上

樹幹轉濃轉黑
高伸的葉子：
遠夢而去的青烟
大清早的池水：
白霧裏一條無邊無際的河
橫著鉛青的山
另一異變

引文的第三及第五兩行，無論是在原文（見一九六五年馬德里出版的「馬札鐸詩全集」頁五十四；西班牙文承友人關美瑞小姐協助核對，特此致謝），或是近十年來美國相當流行的「歐洲現代詩選」（Willis Barnstone 等主編，一九六六年紐約版）所收的英譯，都是作跨句，與引文第四及第六兩行分別以比喻性字眼作連接——前者用「是」字，後者「彷似」。葉氏的譯作拋棄原有的連接性比喻，而一律代以支點，這顯然是把表現方法從比喻性更易爲並置性，並有意增強原詩的暗示性。因此，我們在前面對「意象並置」的解說也就完全適用於此。

葉氏在介紹馬札鐸時，說「他許多詩頗近中國王孟的旨趣」，又說其詩亦無「玄學的焦慮」。但頗近王孟之趣這麼一句評介，在沒有其他說明下，是有點「印象派」的。要作進一步的了解，我們還得參考葉氏一九七一年在臺北的第一屆比較文學大會上發表的論文「王維與純粹經驗美學」(英文見七二年的英文「淡江評論」，後略加濃縮，作爲一九七二年出版的英文本「王維詩選」前序，黃美序的中譯後曾在「純文學」月刊發表。) 葉氏認爲王維的不少傑作，是景物作意象性的自然傾露，而詩人盡力壓抑自我，不在詩中對自然事物的意義作任何形而上的追求。換言之，儘管具體意象要通過詩人的選擇和排列，但除此之外，詩人並不以人爲的意義及秩序君臨於自然現象本身，而致力於一種「以物觀物」的呈現。這樣的詩甚少主觀思慮和情緒的爆發，更沒有玄學意義的追求。讀過華滋華斯「汀潭寺」及「序曲」等作品的讀者，都會察覺到，華氏每在景物的揷述後，揷入個人情感的抒發以及對現象界意義的思索。(近年來當代美國重要批評家Harold Bloom 和 Geoffrey Hartman 均先後力排衆議，倡說華氏作品本質上並不是自然詩，而是「反自然詩」，是形上意義探索與個人自我追求的詩。) 因此，葉氏這句評語，必須從這個比較的角度方能充份體會。換言之，葉氏認爲馬札鐸的詩甚少知性的、抽象的沉思，景物的自然顯現也就是意義本身，例如這一首「碧藍裏」：

碧藍裏
一岸黑鳥
鳴叫，拍翅，駐足在

一棵死硬的白楊上
在光身的林裏
沉寂的穴鳥
寫冷黑的音
在二月的譜上

在「視境與表現」一文，葉氏獨標本詩，推爲「在分析性元素特多的印歐語系中」仍能「超脫知性」的傑出例子。

一九七〇年間，葉氏在美國 *Delos* 雜誌第四期討論王維一首絕句英譯上的困難。該篇短文結束時，葉氏首先引述四首爲適應英文句法而插入不少「連接媒介」的譯文（「中國現代詩的語言問題」一文雖以李白爲例，但大致上論點是相近的。另葉氏在書評書目社刊行的「文學評論」第一集發表的「中國古典詩與英美現代詩——語言、美學的滙通」，亦以孟浩然爲例，作更爲詳細的分析，此處限於篇幅，無法再作說明），然後是葉氏自己盡量接近中文文言結構的翻譯，最後則不再作任何翻譯上的比較和討論，而頗具禪機地以這麼一句話作結：「謹將下面留空。」該刊主編也果然在文後留了一截空白。「衆樹歌唱」裏選擇古希臘詩人艾克伊樂柯的詩作斷片。其中第二十一則是這樣的：

（　）
（　）
想
（　）
（　）
（　）
（　）
樂

艾克伊樂柯的名字雖然不時出現在西方的經典，但他的殘缺不全的詩作直到一九五八年方由一位法國學者整理成册，一九六三年美國的詩人兼學者戴芬博開始譯成英文。第二十一則顯是闕文，但通過葉氏的經營，又夾在前後兩則較具長度的「斷片」，一位受過現代主義洗禮的讀者很容易會聯想起某些「在虛空中求意義」的作法，例如約翰・蓋茲的音樂裏的沉默，盧奇奧・方登納一九六〇「空間觀念」的空白畫布（僅有三痕斜斜的割裂）。但從無見有，在空虛中求畫，中國的古典早已有之。如是，這一則古典斷片的刻意現代化，對現代中國詩人的葉維廉來說，亦有

華爾特・沛德在「文藝復興」一書，也有「所有藝術皆追求音樂的境界」（指音樂的純粹性和直接性）之說。一九七〇年葉氏開始小規模揉合舞蹈、音樂和詩（作品後收於一九七一年出版的「醒之邊緣」和一九七五年中外文學社印行的「野花的故事」）。及至一九七一年，則有在中山堂演出的大規模集體創作「放」。在「醒之邊緣」出版時，葉氏更成爲第一位詩集附同唱片的中國詩人。「衆樹歌唱」共收十二位詩人的作品，亦同時由十二位當代中國畫家配畫。如此大型的詩畫合集，在我們的詩壇恐怕也是第一次吧。儘管這次的聯合談不上是「混合媒體」，但好幾位畫家的作品，可能由於對詩作的把握恰到好處，往往能做到銖兩對稱，在意義上互爲折射和補充，達致一種「交滙」的狀態。例如艾克伊樂柯的斷片。如果沒有邱顯犢的畫，恐怕部份難以做到意義的獨立。詩人碧果一系列介乎抽象與具體之間的黑白對比的形狀和線條，與法國詩人杜・布舍混合具體描寫與個人冥思的詩作，就有水乳交溶之配合。王無邪的線條的純然抽象，也沒有流入一般綫畫的裝飾性的附屬地位，尚可與龐內法「時見玄秘」、上溯馬拉美象徵主義的詩風，作均衡的對稱。馬札鑃的詩由劉國松配畫四幅，依次是僅與「碧藍裏」、「一張年輕的臉」、「淡褐的檞樹」、「誰把那些金雀花…」四首詩搭配。劉氏的原作，如果沒有記錯，約爲一尺見方（在一九七一年間可能是他最小型的製作），皆選擇原詩的主要具體意象來作畫，因此也帶有一點具象的意味。但其墨跡尚能澹蕩蘊蓄，沒有太過落實色相，與葉氏拿來與王孟比較的馬札鑃，又有筌磬同音之神合。

遺憾的是，許多這些精彩的交滙，由於編印過程未能完全打破傳統作風，往往無法作充份的表達。這本選集原擬在七一年出版，先後由一家民營出版社和一家公營書店廣告出書，但都不了了之。最後黎明文化事業公司獨具慧眼，敢爲人之不敢爲，投下資金大量製作圖版，部份且印彩色；但如能更進一步，局部畫作及詩選換上不同的紙張印製，當會有更佳的效果。碧果的黑白對比印在模造紙上，效果不見得比原作遜色，那當然不用另易紙張。但例如王無邪的線畫，原係描在灰底的畫紙上，該部份如能用灰色布紋紙印製，當更見其「肌理」。劉國松的四幅畫以藍黑繪出，卽使不用彩色版，只要能以銅版紙印出，那麼光影濃淡的微妙，應可表露無遺。同理，陳庭詩配合聖約翰．濮斯的拓墨，其力量部份來自焦黑與白底的比照，用銅版紙印出的話，應更爲醒目。此外，陳庭詩的畫亦以空間活動見稱，現在拿來插配「異鄉人，你的帆……」一詩的那幅畫，原作爲三截立軸，剛好掛滿一個小客廳的牆壁，與濮斯詩中流放的題旨及「大幅度的空間的延展」，恰好脗合。可惜現在未能全版印製，僅縮成幾方寸的小塊，效果大打折扣。至於邱顯貿的作品，在「幼獅文藝」刊出時，曾用土褐色的套色紙印出，洋溢著一種拙樸感。此外，其他一些不頂理想的地方，恐怕要由譯者和畫家自己負責了。例如吳昊配插意大利詩人孟德來的部份，出現兩種迥然不同的風格，非常突兀。浩海．歸岸的插圖，部份則稍嫌太過實描，與詩作本身時帶玄學的餘弦相互柄鑿。

至於校對方面，也偶有失誤。馬札鐸和歸岸二人的外文姓名都印錯了。奧他維奧．百師的生年亦是誤印（當爲一九一四）。賽菲里斯詩選的總題，按最初在「創世紀」發表的記錄，該是「神話故事」，現在則漏印。但撇開這些小疵，這本詩選，對於愛好葉維廉詩作的讀者，是不可錯過的，其中小部份譯作甚可目爲葉氏戴上他人「面具」的自我變奏。然而，熟悉葉詩的讀者，應不難注意到這本集子無論在人選、編輯時的文字及技法，所反映出來的基本上是自「賦格」後到一九七一年前後的葉維廉。從一九七一年初發表「日本印象」（五節）起，我們看到其意象語言的開始輕淡，作更爲擴散的處理，不再近乎「超載」地出現。在差不多同一時期的「永樂町變奏」（四首），他的視野和題材也開始更爲落實。在早年倡議「旅行者或『世界之民』的情境」和「孤獨的歌者」（見「秩序的生長」中「詩的再認」一文）等說法的詩人筆下，延平區的臺灣現實也出現了。而該詩發表之初，在第三節描述小孩跳躍活動的數行詩句後（「用她的舞把陽光的碎片，串一條項鍊／跳、跳、跳／跳、跳」），詩人拋棄文字，製版挿入一大滴四濺的潑墨，來傳達該節中段「砰然一擊」的題旨與感覺（見「醒之邊緣」）。七五年的「野花的故事」重印該詩時，則把以畫代替文字的表現改爲粗黑體的「砰」字。而自七二至七五年間，我們更先後讀到「暖暖礦區的夕暮」、「布袋鎭的早晨」、「香港素描」等詩，這些作品都展示著葉氏在題材上開拓的意圖。我們熱切希望這位二十年前就崛起現代詩壇的詩人，在哀樂中年的經驗裏，更爲勇敢地作自我的突破。

（一九七七）

「紅樓夢」上「一層樓」

—尹湛納希及其蒙文長篇

「更攀樓上樓之一層樓，怎脫夢中夢之一場夢？爲喚醒深春之紅顏，發蒼林黃鸝之啼聲。惟不向非知音鼓琴，何不對知心人吹笛？」

這段話引自十九世紀蒙古族小說家尹湛納希的長篇「一層樓」的序言。「一層樓」是刻意學習「紅樓夢」的蒙文長篇小說，作者本人更是「紅樓夢」的蒙文譯者。「一層樓」在情節和思想上，可以明顯地看到「紅樓夢」的痕跡。不過，尹湛納希並沒有隱瞞其力作對「紅樓夢」的依賴，反倒在書前以兩篇序文、一首長詩、以及一篇「紅樓夢」的梗概，來說明「一層樓」與「紅樓夢」之間「相互指涉」（intertextual）的複雜關係。在序言中，尹湛納希說：「昔曹雪芹著『紅樓夢』一書，予觀其中，悲歡離合，緣結三生。嬉笑怒罵，誨醒冥頑之衆；化身千百，論述補天之方。情愫纏綿，波瀾翻奇；無盡相思，昭然歷歷。故擬招彼之芳魂，抒己之胸臆，豈著意於綺語，綴散花於短章。濡墨揮毫，萬言難盡也。」

「一層樓」全書約二十萬字，共有三十二回。背景是蒙古貴族忠信侯賁璽的王府。故事是寫賁侯之子璞玉與三位表姐爐梅（又譯盧梅）、琴默、聖如（又譯盛如）的情海波瀾。這三位小姐都是長期寄居賁府，與璞玉青梅竹馬。璞玉本人對爐梅雖早萌愛意，而爐梅也深中璞玉之母金夫人之意；但賁母却看中琴默，賁侯則看中聖如。然而，最後奇峰突出，賁侯爲了高攀，安排璞玉與一位節度使（一郡貝勒）之女蘇已成親。蘇已婚後不久病死，爐梅等三人也四散飄零；這個愛情故事便以悲劇告終。

在情節上，「一層樓」不少地方都令人想起「紅樓夢」，雖然寫的是蒙古貴族青年。例如璞玉和三位表姐的玩鬧和吟風弄月，就像賈寶玉和姐妹丫環之間的兒女情事。「一層樓」的第三回，則是將劉姥姥初進大觀園和黛玉入府兩段情節，同時揉合在一起。此外，由於「紅樓夢」以神話開始，「一層樓」亦步亦趨，將「鏡花緣」的首兩回蒙譯，作爲小說的引子，第三回才以賁侯府爲中心開展情節。「鏡花緣」裏百花仙子、風、月、嫦娥諸仙女被罰降落紅塵；幾經輪廻，衆仙女便投到賁侯家，成了「一層樓」中四位女角（卽爐梅、琴默、聖如、蘇已）。對於二書之間情節上的雷同，尹湛納希在序言中有以下說明：「本書中原無惡媳奸妾之弊，亦無家政內尊之失，此其所以略不同於『紅樓夢』耳。然琴、爐二人之心不殊釵、黛，而璞玉獨戀之情無異於寶玉。況因老太太、金夫人之議，兩相分拆，致令璞玉之佳偶虛如望梅者，又何別乎賈母、鳳姐之合謀而使寶、黛之良緣幻若畫餅者哉？惟本書之言詞中，雖稍加文飾，而其事要固無虛妄也。凡百年之間，事態竟若同出一軌，此本書所以不能不爲鍾情者哀憐而長太息也。故先引『紅樓夢』

之事以描摩，次述『一層樓』之文爲傳焉。」

就像「紅樓夢」，「一層樓」雖著眼於兒女私情，但透過不少具體生動的細節，讀者不難窺見當時蒙古族社會的風貌和變遷。書中的貴府，顯然是日益漢化的蒙古貴族，基本上已遠離其騎射的民族傳統；因爲處於內地邊緣，對漢文化的吸收較爲方便，故其生活狀態有異於邊疆的蒙族。貴府特重文化教育，招納有才華的士人，黃教影響比較淡薄，年輕子女兼通蒙漢等，都是晚清時期居於內地邊緣某些蒙古貴族的一些特色。在「一層樓」第十五回裏，琴默向爐梅講「西廂記」曲文，就用蒙漢對照方式，先唸漢語原文，再譯爲蒙文，或先用蒙語講述，再用漢語原文補充。璞玉與表姐的對話，更不時徵引漢文典籍。

這些生活細節的漢化，相信與作者的出身有關。尹湛納希一八三七年出生於卓索圖盟土默特右旗，也就是現在的遼寧省北票縣下府鄉。蒙古學者扎拉嘎指出，在清代後期，此地在生活習慣和文化思想方面，與內地特爲接近，屬蒙漢雜居地區。尹湛納希的父親旺欽巴勒雖是武人，却雅好文史，藏書極豐，曾撰寫「大元盛世青史演義」（後由尹湛納希續完）。尹湛納希秉承家學遺風，除精通蒙、漢、滿、藏四種語文，還擅長山水花鳥。在「一層樓」外（約成書於鴉片戰爭後三十年），尚有獨立的姊妹篇「泣紅亭」（以璞玉南下中原訪查失散之表姐爲主），及不少詩詞、雜文、論文等。尹湛納希是研究者公認的近代蒙古文學大家，現已發現的遺稿約有一百五十萬言。

從比較文學的角度來看，「一層樓」是屬於一種「倣作」(imitation)。然而，刻意模倣另一文學傳統的作品，以謀求對本身文學傳統的刺激和改革，是文學交流史上常有的現象，例如趙氏孤兒之於伏爾泰、中國古典詩之於龐德，都是較爲熟悉的例子。對於「一層樓」之因襲「紅樓夢」，也可從這個角度來觀察。根據齊木道吉等蒙古文學專家的看法，「一層樓」在蒙古文學的發展上，有不少創新之處：㈠這部作品首開蒙古長篇小說之先河。㈡在內容上，「一層樓」擺脫蒙古敍事文學依附民間傳說和歷史故事的傳統，以現實生活爲題材，應屬蒙古文學中這類作品的濫觴。㈢小說中蒙文詩的行數、句式和對仗，都有意學習漢語格律詩的特色；又用蒙文塡詞，如書中的「點絳脣」等。這都是擴展蒙文詩歌體裁的重要嘗試。

由於蒙漢文學的接觸，要到尹湛納希的「一層樓」，才有這些獨特的表現，因此對於紅學家、紅迷、比較文學研究者，這部小說都是値得注意的。

（一九八三）

羅洪是誰？

羅洪是誰？

有好幾同，和朋友說正在編一部「羅洪小說選」（後定名爲「倪鬍子」），就一定遇到這個問題。

臺、港、大陸三地出版的大部頭現代中國文學史，都沒有這個問題的答案。在通行的資料書裏，只有善秉仁神父的「現代中國小說戲劇一千五百種提要」，有一小段羅洪的生平簡介。但這則長僅六行的英文小傳，竟然有三個錯誤。李立明編著的「中國現代六百作家小傳」，收有羅洪丈夫朱雯的小傳，但却漏掉羅洪。（朱雯筆名王墳，曾主編「白華」文學旬刊和譯介雷馬克）。

羅洪在一九三〇年左右開始創作，一九三五年出版第一本小說集「腐鼠集」。其後曾出版長篇小說「春王正月」（一九三六年良友版）、「孤島時代」（一九四七年中華版），短篇小說集「兒童節」（一九三七年文化生活版）、「爲了祖國的成長」（一九四〇年文化文活版）、「鬼影」（一九四四年點滴版）、「活路」（一九四五年萬葉版）、「這時代」（一九四五年正言版），和散文集「流浪的一年」（一九四〇年宇宙風版）。另有中篇小說「劊子手」刊於趙清閣主編的「無題集——現代中國女作家小說專集」（一九四七年晨光版）。就產量來看，羅洪可說是相當豐富的。

在抗日戰爭初期，羅洪和朱雯曾經撤往桂林，做過一些抗日宣傳工作，後來又輾轉回到「孤島」的上海。孤島時期的生活，使羅洪親自體驗到敵偽統治下的悲痛和無奈。但不同於其他淪陷區作家，例如張愛玲和蘇青，羅洪的作品依然緊扣當時的社會實況，細緻地刻畫鐵蹄下的人民和生活。這個時期的作品，多在其他地方的報刊發表，在抗戰勝利前後輯成幾個集子出版。「鬼影」一書裏的漢奸，「這時代」裏的各種小人物，「活路」裏的難民，從不同的角度及層次呈現出魔掌下的社會面貌，可說是淪陷區作家少有的成就。更難得的是，抗戰後期的羅洪作品，文筆簡樸，表現手法相當收斂，重視人物的塑造，沒有流於口號式的抗日宣傳。這和羅洪在抗戰初期所發表的作品，有相當大的不同。前一階段的抗日作品，雖然題旨鮮明，意義積極，但宣傳味道太重；今日看來，恐怕歷史價值高於其他。

除了淪陷區時期的作品，羅洪與新文學時期不少女作家相比，也有其獨特之處。大體上，她的作品都能突破所謂「閨秀派」「委婉纖柔」的作風，頗有「介入」精神，題材也不限於家庭生活，個人情緒等「茶材裏風波」。例如「腐鼠集」裏的「稻穗還在田裏的時候」和「煙館小景」，以樸素無華的文字，相當冷靜而平淡地描劃出農民和工人生活上的困難。但羅洪並沒有「借題發揮」，趁機「說教」。這和三十年代一些作家動輒發表議論的做法，頗有分歧。

相形之下，羅洪以婚姻生活和家庭問題爲題材的作品，倒不見得太突出。「腐鼠集」裏的「落寞」和「遲暮」，雖有心理小說的傾向，但作者在處理上浮光掠影，缺乏更深一層的發掘。「兒童節」裏的「遲暮」，透過一位老寡婦爲孫子娶親的經過，反應五四以來社會結構和價值的變遷，如何形成「代溝」和改變了舊有的人際關係，是羅洪「婦女小說」中比較成功的一篇。

至於羅洪的長篇和中篇，都可說是失敗之作。結構鬆懈，文字囉嗦，時有作者干擾（因此揷入不必要的說明）；和羅洪傑出的短篇小說比較，幾乎是「判若兩人」。其中「春王正月」的失敗尤爲可惜。這部長篇描述一位鄉下土財主在上海公債公場拚搏失敗後，回到地方上詐騙的經過。以上海投機活動做背景的小說，新文學裏向來很少，而其中最有名的大概是茅盾的「子夜」。「春王正月」沒有「子夜」那麼「波瀾起伏」，但却焦點集中，企圖以小窺大。遺憾的是，作者經常現身說法，代讀者下判斷，不大願意讓場景、人物、對話作恰如其份，自身俱足的展現。

羅洪顯然不是一位成功的長篇小說家，而她的短篇，也有不少平庸之作；但總的來說，還是有點成績的。當然，拿羅洪和吳組緗、端木蕻良、羅淑等同期崛起的作家比較，我們不得不承認，羅洪的小說藝術是略遜一籌的，然而她也不該像目前這樣默默無聞。另一方面，有好些中國現代女作家，例如冰心、廬隱、白薇等，雖然小說上的成就遠不及羅洪，際遇又要比她幸運的多，非但尚有文學史和研究資料提及，作品也不時重印，一般讀者也比較熟悉。

在中國現代文學花果飄零的今天，能够在美國的圖書舘裏，陸續找到羅洪的大多數作品，不能不說是一個意外。儘管筆者並不是中國現代文學的專業研究者，但爲了史料的保存，便根據海外能見到的七個集子，編了一部「倪翳子——羅洪小說選」，希望將來不會再有「羅洪是誰」的問題出現。

（一九八二）

美是主客觀的辯證統一

——敬悼朱光潛先生

中國大陸在五十年代中葉展開的美學論爭，本來並不是一場純學術性的討論，而是因爲要批判朱光潛先生的美學思想，在批判的過程中，引起觀點的分歧。這場美學論辯，從一九五六年開始，到一九六四年年初，前後八年，發表論文近四百篇，除個別專書，重要論文還選編成「美學問題討論集」六册。

論辯中的關鍵問題是美的本質。從這個基本問題出發，這場論辯的參與者可以粗略劃分爲四派。第一派認爲美是主觀的，以呂熒和高爾太爲代表。這一派因爲論點過於「唯心主義」，明顯的犯忌，因此從者不多。第二派認爲美是絕對客觀的，以蔡儀爲代表。蔡儀的觀點基本上繼承他在四十年代出版的「新美學」，堅持美是獨立存在，並不依附於人的鑑賞。這個論點，無疑是硬套機械反映論，表面上看非常「唯物」，很忠於馬列經典，實質上並不「辯證」，是教條主義的產物。第三派以當時比較年輕的李澤厚爲代表，主張美是客觀性和社會性的統一，認爲美並不能脫離社會生活，而社會生活本身是客觀的。這個論點脫胎自蘇俄的車爾尼雪夫斯基「美是生活」

的說法。但在當年的李澤厚的推演中，有明顯的「庸俗化」的傾向，因此貨幣、機器、五星旗等，都成了社會現象的美。

最後一派就是朱光潛的學說。朱先生是單槍匹馬，一人自成一派。他認爲美既非主觀，亦非客觀，而是主觀與客觀的統一。主觀是指人的意識，客觀是指自然事物；單純的客觀事物通過主觀意識的作用，產生「物的形象」，這時才有美。但朱先生特別强調「美是藝術的特性」，而由於藝術與意識形態的糾葛，因此，談美就不能陷於機械唯物論，也不能困於極端唯心論。在當時的論爭中，朱光潛的論點擺脫了「庸俗的馬列美學觀」，可說是最爲「辯證」的。他這個突破，可說是根源於他早年對西方美學（尤是克羅齊）的探討，又建基在他一九四九年後的研究。雖然朱光潛的體系是在閉塞孤立的情況下個別完成的，但與晚近西方盛行的「接受美學」、甚至早年捷克結構學派的美學觀，在某些見解上，有冥然契合之處。從比較的角度來看，是朱光潛的一大突破，也是這場「論爭」的重大收穫。（在朱先生訪問香港中文大學的時候，筆者曾代表香港電臺訪問朱先生，並作了一些單獨的對談，當時曾一再問朱先生對「美是主客觀的辯證統一」這個論點，在目前有沒有改變。朱先生一再强調，他這個論點，不單是五六十年代的看法，也是他最後的結論。）

馬克思一八四四年的「經濟學——哲學手稿」在一九三二年出土後，要到一九五六年才有比較完整和有影響的俄文翻譯。但近半個世紀以來，這部「手稿」的人本思想，和盧卡契一九二三年出版的「歷史與階級意識」，非但成爲共產主義國家以外西方新馬克思主義的泉源，更是生活在共產國家的一些思想家抗衡和改革教條主義的憑藉。五十年代的波蘭，六十年代的捷克，都以「青年馬克思」的思想爲出發點，主張以人爲中心從事主體的創造性、整體性和開放性。在這方面，朱光潛在當年相當閉塞的學術空氣中，也是一個先驅人物。他在美學論爭中，就開始引用「手稿」，後來更重新翻譯「手稿」的重要段落，還修正了官方譯文的錯誤。就個別觀點而言，朱光潛對「手稿」的注意和分析，與今日成爲顯學的法蘭克福學派相比，雖無後者之體系及氣派，也有異曲同工之處。這是朱光潛美學的另一突破。

「文革」浩劫後復出的朱先生，在一九七九年發表了一篇相當重要的論文，題爲「上層建築和意識形態之間關係的質疑」。按照正統馬列文藝教條的說法，文藝是意識形態，而意識形態是上層建築之一部分，後者又受經濟基礎之決定，因此文藝不單受經濟基礎之影響，也是其必然的反映。朱先生則認爲將意識形態（包括文藝）和上層建築劃上等號，是史大林主義的錯誤。朱先生主張上層建築是包括法律和政治機構，而意識形態（包括文藝），並不從屬於上層建築。這樣一來，根植於反映論的社會主義寫實主義文藝觀，可說是頓失理論根據。從正統的馬列文藝觀來看，朱先生的論點是離經叛道的，因此也引起不少爭論。但從朱先生重新解釋上層建築的企圖，可以看出他理論上的「匠心獨運」，有爲文學藝術創作「鬆綁」的苦心。朱先生在八十高齡之後繼續埋頭譯介古典西方美學，完成維柯四十萬言「新科學」的中譯，又不斷整理舊作，對於美學

從克羅齊到維柯

——訪問朱光潛先生

美學老人朱光潛在一九八三年三月訪港，主持香港中文大學新亞書院第五屆「錢賓四學術文化講座」，以「維柯對中西美學的影響」為題，發表三次公開演講。在第一講結束時，朱老有以下隨感：「禮運大同篇要比馬克思主義精彩，我們不要妄自菲薄」。在第二講結束時，又再次提到同樣意見：「禮運大同篇的境界，馬克思所說的共產主義還趕不上」。這兩則隨感都逗人深思；可惜的是，限於講題，朱老未有作進一步發揮。

在三月二十五日晚，朱老接受香港政府的「香港電臺」文化節目組主持的訪問。筆者當時任教香港中文大學，有幸和朱老進行對談。事後根據該晚對談播放時的錄音，整理出以下紀錄。朱老在訪問中，發言中肯，頗富批判性（尤其是他對「反映論」的意見），不但針貶長時期籠罩大陸文藝理論界的機械反映論，而且對好幾個大陸文藝的禁區提出語重心長的見解。

鄭：朱先生在「文藝心理學」裏提到，您是從研究文學、心理學、哲學開始，而走向美學研究的。可不可以請您談談這幾門學科之間要如何聯繫？

朱：這是一個基本問題，我所知道的一些西方美學家，沒有不是從這幾種學科的基礎走向美學的。目前大陸美學界嚴重的欠缺也就是基礎不很廣。美學學會成立時，我就號召要放眼世界、博學而守約，特別要對一門學科或藝術有實踐和實感，才不致空談，或犯死守空洞概念、亂套公式的流弊。要放眼世界，就必須精通一種外文，從我譯維柯的「新科學」以來，我才開始認識到美學的基礎學科，還應添上世界通史，也要懂一點文字學。

鄭：有很多人都認爲您的「文藝心理學」深受克羅齊的影響。義大利學者沙巴汀尼則認爲您的見解並不屬於克羅齊主義。對這個評論，您個人有什麼看法？

朱：我學美學是從學習克羅齊入手的，因爲本世紀初期，克羅齊是全歐公認的美學大師，我是在當時英美的新學風之下，開始學美學的。我所談過的美學家，多半是在克羅齊影響之下寫出來的。不過，我回國後，在四十年代曾寫過「克羅齊哲學述評」的小册子，就已說明我對克羅齊美學中一些不滿意的地方。

鄭：沙巴汀尼認爲您某些美學觀點有中國道家思想的痕迹，您對這個見解有什麼看法？

朱：沙巴汀尼批評我是移克羅齊之花，接中國道家傳統之木。我當然接受了一部份道家影響；不過，我接受的中國傳統，主要的不是道家，而是儒家，應該說我是移西方美學之花，接中國儒家傳統之木。

鄭：在五十年代的美學論辯裏，您曾提出「美是主觀與客觀的辯證統一」之觀點。現在回顧起來，您對這個觀點有沒有補充或修改？

朱：在五十年代的美學辯論裏，基本上有三派。第一是機械唯物論。第二是純粹唯心論。最後是我所提的主客觀辯證統一論。這場辯論進行了很久，涉及面從專家學者到青年學生和工人都有。我是孑然一身，和左右兩方面的論敵，單槍匹馬作戰。基本問題不外三種：㈠美是純主觀的。㈡美是純客觀的，抑或是純主觀的。㈢美不是純主觀的，也不是純客觀的，而是主客觀的辯證統一。我堅持第三種看法，因爲美離不開審美的人，因爲文藝反映的是自然，而自然不僅包括客觀世界，也包括人。當時攻擊我的都說我是反對馬克思主義，因此我晚年認眞研究了馬克思主義，仔細看馬克思經典著作原文，也因此發現譯文有嚴重的錯誤；加上受到斯大林時代在日丹諾夫影響之下對馬克思主義的歪曲，因而單純的客觀反映論取得唯物獨尊的地位。我根據「費爾巴哈論提綱」、「資本論」、和「巴黎手稿」，以及恩格斯的「從猿到人」等著作，證明了在馬克思主義裏，人的主觀因素不但沒有否定，而且人道主義是最高理想，自然科學和社會科學終會統一成「人學」。因此我力闢反映論，强調實踐論，高呼要衝破人性論、人道主義、人情味、共同美等「禁區」。我很高興向香港朋友們說，我的鬪爭已日漸贏得多數讀者的同情，我對主客觀統一的觀點不但沒有修改，而且日益加强了。

鄭：一九四九年後，您最重要的個人著作是「西方美學史」，可是，在這本書裏，您過去曾下過不少功夫的人物，例如叔本華、尼采、佛洛依德等，都著墨很輕，這是否代表了一種新的態度和評價標準？

朱：「西方美學史」是一種急就章，目的在向大學青年介紹一點美學史的知識，遺漏甚多。此外，這些學派當時曾戴「反動」的帽子，我也怕再戴上這頂「反動」帽子。我相信明白是非的人會多起來，將來一定有合適的人來彌補我這個缺陷。

鄭：朱先生早年留學歐洲的時候，曾經用英文寫過一部博士論文，叫做「悲劇心理學」，一九三三年在法國出版。英國倫敦大學拉菲爾教授在引用和評述這本書時，頗為推崇。不過，朱先生回國後，似乎在這方面就沒有再作論介，相信這本書是朱先生的廣大讀者比較不熟悉的，是否能請朱先生就當時這個題材的興趣，略為講述一下。

朱：留學時代用英文寫的「悲劇心理學」，國際有些反映和評介，我自己原不知道，直到一九八〇年左右才見到澳洲學者杜博妮博士一篇很出色的評介，我才知道我的美學觀點引起國際注意。也是透過她，我才讀到倫敦大學拉菲爾教授對我的評介。我對這些國際友人的好意是衷心感激的。不過，「悲劇心理學」過去並沒有完全遭到忽視。首先稱讚它的就是當時名導演和戲劇理論家焦菊隱先生和名畫家徐悲鴻先生。徐當時任北京藝術學院院長，還特地邀我教了兩年課，後來在該院當教授和導演的，有不少人是我的學生。不過，當時田漢却因我介紹狄德羅的演員應表演激情而心懷冷靜之主張，和我有過公開的辯論。他是個熱情的人，反對我追隨狄德羅的演員矛盾論。但見解不同是學術界的常事。此外，後來有一位青年美學家歪曲我對黑格爾悲劇觀念的介紹，並且當作我進行自我批判的來稿，交給「美學」這個刊物去發表。文稿已印好了，我看到清樣，立即反對這篇冒充我寫的自我批判，然後才把已印好的假文章抽出來。我在「西方美學史」不介紹尼采、叔本華和佛洛伊德等，因爲他們都被戴上「反動派」的黑帽子，我不敢讓這頂黑帽子按到自己頭上來，這是我的怯懦。爲此我最近才把「悲劇心理學」這本少年習作交給一位同事翻譯成中文。趁此我還應該多謝香港中文大學杜祖貽院長把他複印的「悲劇心理學」原文贈送給我，這次新出版的「悲劇心理學」中譯本，就是以他所複印的原文本爲依據的。

鄭：朱教授，您剛翻譯了義大利歷史學家維柯的「新科學」，今後還有沒有其他新的研究計劃？

朱：目前我要做的是要將「新科學」的譯本親自校對一次，然後我會譯「維柯自傳」，我希望能在今年內完成這兩件事，接着我還有兩種計劃，第一個計劃是如果我身體健康情況良好的話，便會翻譯馬克思的經典之作「巴黎手稿」，是將全文譯改；倘若健康欠佳，那只好寫一些感想或隨筆了。

（一九八三）

III 法國敘述學的方法

——以白先勇「遊園驚夢」為例

法國結構主義學者托鐸洛夫（Tzvetan Todorov）曾經指出：一個「故事」是由一系列的命題（proposition）組成的。命題的構成通常是人物與屬性（attribute）或動作的組合。如果用文法結構來做比喻，人物就是名詞，屬性就是形容詞，動作就是動詞；命題就是名詞與形容詞，或名詞與動詞的結合。「故事」可以是一系列命題的結合，但也可以只有一個命題註一。

托鐸洛夫認爲，所有的屬性都可以簡約（reduce）爲三類：情境、內在屬性、外在狀況。而所有的動作也都可以簡約爲三種：改變某種情況、突破規限、懲罰。因此，所有的命題都不離下列五種形態：指示的、必須履行的、祈願的、附有條件的、預兆的。托鐸洛夫的簡約操作可能太過大膽，亦稍嫌機械化。屬性和動作不見得就能受三大類的規限。但拋開這一點不談，托氏把故事簡約爲命題的做法，是有相當分析作用的。把故事的結構簡約爲符號後，托氏從語意的角度註釋這些符號，因此便能充分顯現故事動作所指向的主題。

不少評論家都分析過白先勇的「遊園驚夢」。由於已有不少現成的分析，本文對敍述學（narratology）批評方法的介紹便更有比較的可能性。如果採用古典的亞里士多德觀點，「遊園驚夢」的動作非常簡短，時間上只有數小時。正如亞里士多德「詩學」的中譯者姚一葦教授所說：「遊園驚夢」的動作是「從錢夫人走進竇夫人的天母公館，參加一個有清唱餘興的宴會開始，到散場竇夫人送走其他的賓客爲止」。但讀過這篇小說的讀者都知道，小說的時間雖短，肌理却極爲豐富。透過現在與過去事件的交替出現和對比，小說的表層顯得相當複雜。而「通過現在的錢夫人與十幾年前的錢夫人的對比，顯露出人事的滄桑之感。這種感覺是作者自己點明了的，作者文前所引劉禹錫的『烏衣巷』一詩卽是」註二。

如果採用托氏的分析方法，把故事簡約爲一系列的命題，又加以語意的註釋，我們可以看到，儘管小說的表層相當繁富，事實上基本結構甚爲簡單。如果就以滄桑變幻爲小說的主題，那麼或許可以作下列的簡約活動。

X＝錢夫人

A＝金錢地位（環境的改變）

a＝追求或遭遇改變

－＝某一屬性的破壞和否定，因此－A等於缺乏金錢地位

我們得到的一系列命題是這樣的：

X－A→Xa→XA→X－A

這個系列由錢夫人尚是藍田玉，未有金錢地位時開始，到遭遇轉變，有了金錢地位，又回復舊日狀況爲止。這個故事一系列命題都涉及同一人物，而最後一個命題是第一個命題的重複。如果故事是圓滿結束，那麼最後一個命題就應該是XA。另一方面，錢夫人遭遇的改變是來自錢將軍，因此我們也可以插入一部分命題來交代這個關係。

Y＝錢將軍

b＝提供改變

X－A→X－A＋YbX→Xa＋YA→XAY→X－bY→X－A

原來沒有金錢地位的藍田玉，由於錢將軍提供了改變，接受了改變，得到金錢地位，又因爲錢將軍的去世，再失去這一切。這個系列雖然增添了兩個新符號，但並沒有改變整個系列的結局，雖然這個系列較爲完整地傳達了故事的發展。

另一方面，我們也注意到，這個故事在過去與現在的交揷之間，除了人事的變化外，尚有另一個動作系列，指涉着另一種變化：一段得而復失的戀情。這個故事可以這樣表達：

X＝錢夫人

A＝愛情

a＝追求或遭遇愛情

－＝某一屬性的破壞和否定

Y＝鄭副官

b＝提供轉變（或某種屬性）

$$X-A \longrightarrow X-A+YbX \longrightarrow Xa+YA \longrightarrow XAY \longrightarrow X-bY \longrightarrow X-A$$

與錢將軍作近乎買賣式結合的錢夫人本來並沒有「愛情」，鄭副官向錢夫人提供了「愛情」（或其可能性），錢夫人終於有了「愛情」，但由於鄭副官的「消失」，錢夫人又回復沒有「愛情」的境況。由此可見，故事開始時，錢夫人是沒有「愛情」這個屬性，結束時這個缺乏仍然存在。同樣地，「金錢地位」這個屬性在故事開始時欠缺的，結尾時也是匱乏的。「欠缺」這種屬性當然是一種處境。由整部「臺北人」來看，同樣的模式都在每篇裏出現。原來欠缺的，到後來仍是欠缺。原來就並不是很快樂的處境，到後來是每下愈況。

從上述的討論來看，托鐸洛夫的分析方法有助我們對屬性問題作進一步的考察，從而對作品的主題及表達模式有更深的認識。採用這個方法來討論白先勇，我們可以注意到「臺北人」故事不斷出現的處境及模式，認識到某種欠缺（和隨之而來的追求及幻滅）似乎是臺北人共有的特色。這個方法在托鐸洛夫的分析裏是相當細膩的。本文的介紹只局部採用托鐸洛夫的手法（限於動作和屬性），對其他問題都沒有進一步的探討（例如命題之間的關係，據托鐸洛夫的分析，又有三種可能性），因此是會比較粗糙。

托鐸洛夫的方法當然不是完美無瑕。這種將故事簡約成某種記號的做法源起於俄國理論家普拉普（Vladimir Propp）。但普拉普的材料是結構和肌理相當簡單的俄國童話，而不是較爲繁富的文人作品註三。而托鐸洛夫的分析對象也是比較簡單的「十日談」。用這個方法來探討複雜的現代小說是要困難得多，因爲現代作家對單純說故事往往不大感興趣。例如羅布格利葉反傳統的短篇就沒有故事可說。較早的吳爾芙夫人的一些短篇也可作如是觀註四。但對分析者而言，卽使找不到可以用記號來標誌的故事，「沒有故事」的情況也是極有意義的，可作進一步的分析。另一方面，由記號模式極爲簡約化，我們很容易注意到屬性或動作的相同或差異；但如果這個模式在十篇作品裏都有出現，隨之而來的問題是：究竟這些作品之間有何不同之處？其不同（甚或高下）又要怎樣區分？大致上這些不同可以憑文體和對細節的處理來區分。一些源頭相同的作品，簡約後記號模式當然極爲接近。例如「枕中記」、「櫻桃青衣」、「南柯太守傳」等唐人短篇都源自梗概簡略的六朝故事「楊林」。按照張漢良教授的分析，這些小說雖有共通的模式，但在處理上却有明顯的不同註五。這些不同，照托鐸洛夫的說法，部分源自人物的增嵌（embedding）。托氏認爲，新角色出現在故事時，原有故事的推展便會受到阻撓，因此另行發展出一個新故事或解說。而第二個故事是由第一個包藏的註六。在「遊園驚夢」裏，錢夫人與鄭副官的故事，就可以說是增嵌在錢夫人與錢將軍的故事裏。「金錢地位」與「愛情」這兩個系列在小說裏是同時呈現的，但事實上並不是平行的，在時序上兩個系列有先後之別。此外，故事的肌理也可以構成不同。希柯洛夫斯基（Viktor Shklovsky）就曾提出「鋪陳」的說法來做解釋。所謂「鋪陳」（unrolling; razvertivanie），是將「結構的個別部分不成比例地擴大描寫，結果是使讀者感到另生枝節，雖然這些枝節仍是故事的敍述次序裏的主要聯繫」**註七**。

其實一個共通的故事模式好比語言中的句型。同一句型可以用來表達毫不相同的意義。而「增嵌」和「鋪陳」就好比在基本句型上添增一些片語（甚或子句），只是繁富了表面，並不影響深層結構。因此，討論「增嵌」和「鋪陳」的手法，只是與記號模式屬同一層次的活動。這是自身俱足的、水平線的（syntagmatic）活動。由於同一模式可以有不同意義，而這個意義除由作品提供內部的產生條件外，尚得配合社會、文化、文學系統的廣大背景，由閱讀主體在相互激盪下產生。在這些背景輔助下產生的意義就好比是語意上的意義（semantic meaning），必然會牽涉到歷史的現實層面。相對於自身俱足的意義（水平線式的簡約活動），這個意義是垂直的、聯想的（associative）、歷史的（diachronic）。但要探討這個意義，水平線的簡約操作顯然不能勝任。因此，羅蘭・巴爾特在 *S/Z* 一書所展現的分析方法便可以拿來做一點補充**註八**。

照巴爾特的看法，我們對現實的認知都要通過既有的、現成的示意系統(signifing system)。由於這些系統的「先天性」和歷史存在，每一個人的認知都不可能是完全客觀的。同理，從文學得到的認知，也是要透過不同的示意系統或「語碼」(code)。巴爾特在 *S/Z* 一書分析巴爾扎克較長的短篇 *Sarrasine*，將這篇小說分割成五百六十一個閱讀單位，然後用五種「語碼」來論析這些閱讀單位。限於篇幅，我們對「遊園驚夢」的分析，是不可能這樣做的，只能點到即止，茲對五種「語碼」及其運作方法作簡短的介紹。

（一）疑問語碼 (hermeneutic code)

這是傳統小說中最常見的語碼。一般說來，傳統小說的興趣是說故事，而正如英國小說家霍思特 (E. M. Forster) 所指出，說故事離不開賣關子 (mystery)。提出懸疑和問題，當然會挑逗起讀者往下看的興趣，但小說發展下去時是要解決懸疑的。巴爾扎克小說的題目就是很好的例子。我們讀到這個題目後，馬上會提出疑問：這人是誰？怎樣的一個人？因此這個題目就是小說提出疑問的第一階段。巴爾特認爲，從疑問的產生到疑問的全部解決，有十個階段，而保持疑問的內量（直至眞相大白爲止）的方法則有八種（以上這兩個數字當然是分析巴爾扎克的小說得來的）。這個語碼和下面的動作語碼是構成小說懸疑的主要因素，使到讀者追看完小說（在偵探小說裏，這個語碼是最爲突出的）。

在「遊園驚夢」裏，這個語碼並不突出，只有一般性的運用。小說是這樣開始的：「錢夫人到達臺北近郊天母竇公館的時候」。引起讀者興趣和疑問的當然是「錢夫人」和「竇公館」。但這些都不是很大的懸疑，而且馬上就一一解決了。小說的大多數疑問都很普通，幾乎馬上得到解答。但也有一些小疑問是懸而未決的。例如竇夫人的丈夫及天辣椒蔣碧月的狀況等。由於這並不是小說的焦點所在，讀者是不會要求解答的。小說較大的疑問相信是錢夫人與鄭參謀的關係。這段關係究竟如何開始和終結，小說完全沒有答案。同樣沒有答案的是竇夫人與程參謀的關係。讀者只能憑藉現有的蛛絲馬跡作種種猜度。但正由於沒有答案，讀者被迫返回作品一再閱讀。

（二）動作語碼（proairetic code or code of actions）

亞里士多德筆下的動作是指一個完整的情節（plot），有「開始」、「中間」及「結束」三個部分。傳統小說通常都有完整的情節。傳統批評家談論動作時往往就是做情節撮要。但巴爾特筆下的動作並不是單指「情節」，而可以包括一切眞正的動作。極爲瑣碎的不重要的動作，照巴爾特的看法，有時也可以有特別的分析意義。

姚一葦教授從亞里士多德的觀點分析「遊園驚夢」的動作，前面已經引述過。這個完整的外在動作其實很簡單，時間也很短。故事中其餘的部分多屬於過去的事，通過記憶回到現在來。而事實上回憶的部分才構成小說的主體。在回憶裏，時間拖延得很長。但其展現方式是跳躍和片面的，因此並不能構成完整的亞里士多德式的動作。不過大致上可以依循每一回憶片段的特質來作出標誌，例如夢境的一場可以用「騎馬」的動作來識別。除開以動作來標示某些片段，有些實際動作也是值得注意的。錢夫人是這篇小說的主角。但和其他角色比較，她的實際動作是相當少的。除了開始和結尾的走動外，錢夫人是幾乎沒有實際動作的人物。在宴會中，錢夫人並不活躍。是動作的觀察者。錢夫人動作上的靜止，在與其他人對照之下，自然顯得特別有意義，也就加强了內涵語碼。

(三) 內涵語碼 (connotative code or code of semes)

在我們閱讀時，作品裏某些字句及描寫雖是具體的呈現，但隱含某些意義。把含有意義的文字組列起來後，往往便會發現這些文字共同指向比較抽象的意義。正如 Terence Hawkes 所指出的，這個語碼處理的其實就是英美現代文評常常談到的「主題」或「主題結構」**註九**。巴爾特認爲在作品裏，較不顯著的地名或景物（更不要說人物），都可以蘊涵與主題有關的意義。

姚一葦教授對這篇小說的主題有以下的分析：「在中國，描寫人事的滄桑變遷，原本是最古老、最傳統的主題……所以在主題上，白先勇是承襲了傳統的情感」。歐陽子女士也曾指出：「臺北人」的主題是「今不如昔」；「『變』一字，就是這篇小說的中心主題」**註一〇**。具體地說，在小說的人物、佈景、地名、曲名、戲名及意象方面，這個主題透過情節推展的特別方式（過去與現在的平行交替），有極爲全面和細緻的呈現。在這方面，由於已有歐陽子女士堪稱「新批評」典範的分析，不必再贅。

（四）象徵語碼（symbolic code）

照巴爾特的看法，意義的產生往往來自區別或二分對立的程序（differentiation or binary opposition）。這當然是來自李維史陀在人類學研究方面「生熟」二分的理論註一一。而李維史陀的二分法則源自俄國語言學大師雅克愼的「辨音成素」理論（Roman Jakobson: distinctive feature theory，一譯辨義形態）。雅克愼的理論「基本上是用二分對立的方法，來孤立任何足以左右字義的最小語音單元。通稱爲音素（phoneme），如中文『被』與『配』，由於『ㄅ』與『ㄆ』兩音素，一呼氣，一不呼氣，而構成兩字的意義差異」註一二。從巴爾特的角度來看，李維史陀式的象徵性對立也可以在小說裏找到。例如巴爾扎克短篇的第二個閱讀單元是：「我深陷於一場白日夢中」。巴爾特認爲「白日」與「夢」就是小說裏的第一個對立，會逐漸發展成龐大的對立模式，籠罩整篇作品，並左右其意義。

「遊園驚夢」最明顯的對立來自今日與過去的錢夫人的比照，但這個比照的構成，是由於竇夫人的存在。沒有竇夫人，也就沒有今昔對立。因此，在具體層面上，竇夫人和錢夫人是對立的。這個對立似乎涵蓋着小說的每一意義層面。但另一方面，整部小說的題目是「臺北人」。竇夫人與錢夫人都是「臺北人」，這是她們的共通點。錢夫人從南京人變成臺灣人後遭遇到變化，而竇夫人變成臺灣人也遭遇到變化，但兩人本質上同爲南京人（大陸人）則一。兩人之間尚有不少相同點。例如他們的丈夫都是政府大員，而竇夫人今天的際遇好比昔日的錢夫人（其他的情節也多有脗合）。兩人的宴會地點雖有南京與臺北之別，但同爲政府首都則一。由於這些相同性，兩人的對立有了緩衝。錢夫人的歷程大致上是X－A——XA——X－A。而小說中的竇夫人才剛完成首兩個階段。既然「變」是這篇小說的中心主題，那麼竇夫人終於會進入第三個階段，已透過錢夫人的軌迹預示出來。但如果兩位夫人際遇上的下降是相同的，其對立必然是短暫的、有緩衝的。沒落的必然由新興的來取替。那麼新的對立一定會產生。這個更爲龐大的對立從何而來呢？小說並沒有明白的揭示，但却有蛛絲馬跡可尋。小說結束時，錢夫人喟嘆已經認不得臺北，因爲蓋了許多高樓大厦。此外，宴會上唱「遊園」的，一如歐陽子女士所指出，是徐「太太」，而不是徐「夫人」。歐陽子認爲這是「影射貴族階級和農業社會的沒落，平民階層和工業社會的騰起」。但更爲準確地說，中國的貴族階級隨着清朝的敗亡，是早已消逝的。而錢夫人的沒落（以及竇夫人可預見的相同命運），只能說是尚殘存着傳統意識形態的舊官僚層的沒落，而新興起的、正要取而代之的階層，準確一點說，是擁有這些高樓大厦的資本家及中產者。（事實上，能够和部長、將軍夫人一起票戲的也不會是普通老百姓的太太吧？）資本主義工業社會興起後，布爾喬亞自然會不甘於舊有形式的統治，會對政治權力提出要求，進而保障既得的利益。這是歷史的必然。（這個情形在「永遠的尹雪豔」裏已有表現。尹雪豔到了臺北後不能再依賴舊日的捧場客，不得不由經營工廠的徐壯圖來接收）。因此，從這個角度看，竇錢二夫人的對立是窄小的。

小說已然預示的對立是較爲廣濶的。這個對立可以這樣表示：

竇夫人／錢夫人↔（徐太太）

（五）文化語碼（cultural code）

這個語碼較難界定，因爲事實上所有的語碼歸根究底都是意識形態的和文化的。我們現在的認知往往是基於「已知的」、既有的系統。由於意義基本上是來自某些背景和系統，因此眞正的瞭解必須同時是歷史的和批判的；一方面掌握還原到本來背景的意義，另一方面同時審核現在所接納的意義。在進行實際批評時，我們除了對人物的行爲思想作意識形態的剖析，尚可以具體而微地討論文化系統裏不斷傳承的事物，例如文學作品裏的典故，或是作品透過相互指涉而構成的關係（即 intertextuality 的問題）。

「遊園驚夢」大量運用中國傳統戲曲的典故。除了題目之外，尚有「洛神」、「貴妃醉酒」及「八大鎚」等（這些典故如何豐富了作品的內在意義，歐陽子女士已有精闢的分析，此處不再重複）。直接引用的則有崑曲「遊園驚夢」的片段唱詞。這段唱詞再次點出小說「人事滄桑」的題旨，與另一引文「烏衣巷」互爲呼應。因此，如不認識這些戲曲典故的背景，對作品的賞析肯定會有限制。此外，一些細節由於各有特定歷史背景，也會產生聯想意義，例如「秦淮河」就令人想起「金陵春夢」、「隔江猶唱後庭花」等。上面說過，今天的錢夫人就是未來的竇夫人的寫照。竇夫人正在得意，自然不會有「烏衣巷」式的感嘆，但錢夫人卻可以（也可能）有這種感嘆。從旁觀者的角度來看（例如讀者），錢夫人可以是帶有「悲劇色彩」的人物。錢夫人屬於沒落中的特殊階層，但這個階層尚未完全被取代，因此仍然具有生機、意志和力量。然而，舊秩序和舊力量的過去似乎又是無可避免的。如果舊秩序的維護者相信自己存在的合理性，採取激烈的手段來保衞自己，那就會發生衝突，而這種衝突將是「悲劇性」的。前面動作語碼的分析顯示出錢夫人是被動和靜止的人物。她只是旁觀者，不可能直接介入任何行動。但通過錢夫人，我們看到潛藏的、可以發生的「悲劇」衝突。

巴爾特的語碼批評方法當然不是無懈可擊的。例如他的文化語碼就缺乏嚴格的界定（本文的簡介已略有修正），而內涵語碼在S/Z一書裏不作較爲集中的處理，也是令人不解的。但由於本文目標僅是以一篇膾炙人口的作品，來具體介紹一種批評方法，對巴爾特和托鐸洛夫的批判，限於篇幅及個人能力，只能擱置不談**註十三**。

（一九七九）

註一：Tzvetan Todorov, *Grammaire du Décaméron* (The Hague, 1969) 對托鐸洛夫理論的介紹，有 Terence Hawkes, *Structuralism and Semiotics* (London, 1977). pp. 95-106; Robert Scholes, *Structuralism in Literature* (New Haven and London, 1974), pp. 111-117。

註二：姚一葦，「文學論集」（臺北：書評書目，一九七四），頁一五九及一六六。

註 三：有一些批評家用普拉普的方法來分析文人作品，引起其他論者的不滿，例如D. W. Fokkema and Elrud Kunne-Ibsch, *Theories of Literature in the Twentieth Century* (London, 1977), p. 29。對普拉普理論的中文述評，有周英雄，「結構、語言與文學」，「幼獅月刊」四十八卷三期（一九七八年九月）及袁可嘉，「結構主義文學理論述評」，「世界文學」總第一四三期（一九七九年第二期）。

註 四：現在有些學者也用托氏的方法來分析現代文學作品，例如Robert Scholes, "Semiotic Approaches to a Fictional Text: Joyce's Eveline," *University of Idaho Pound Lectures in the Humanities*, April 8. 1976。對這種做法的批評有 Seymour Chatman, *Story and Discourse* (Ithaca and London, 1978), p. 93。

註 五：Han-liang Chang, "The *Yang Lin* Story Series: A Structural Analysis," *New Asia Academic Bulletin*, 1 (1978), p. 195-216。

註 六：Todorov, *The Poetics of Prose* (Ithaca, 1977), p. 70。

註 七：Todorov, "Some Approaches to Russian Formalism," in *Russian Formalism*, ed. S. Bann and J. E. Bowlt (New York, 1973), p. 13。這種手法也能做成推陳出新、「降低熟悉度」的效果。對希柯洛夫斯基及其「降低熟悉度」理論的介紹，在 R. H. Stacy, *Defamiliarization in Language and Literature* (Syracuse, 1977), pp. 32-49。

註 八：Roland Barthes, *S/Z* (New York, 1974)。巴爾特對五種語碼的介紹見頁十七至二〇。巴爾特在這本書用的是 *Tel Quel* 雜誌和一些 Jacques Lacan 的分析手法，但由於小說被割裂成小單位來評論，分析性有時不能始終一貫，有些地方是個人主觀意識的冥思，流露出巴爾特早年受 Gaston Bachelard 的影響，對巴爾特理論的中文介紹，有賴金男，「羅蘭・巴爾特與結構主義的文學批評」，「中外文學」三卷十一期（一九七五年四月）。

註　九：Hawkes, *Structuralism and Semiotics*, p. 117。

註　十：歐陽子，「王謝堂前的燕子」（臺北：爾雅，一九七六），頁二六七。

註十一：李維史陀二分理論的中文介紹，有艾德蒙•李區（Edmund Leach ，黃道琳譯），「結構主義之父——李維史陀」（臺北：華新，一九七六），第二章。

註十二：引自周英雄「結構、語言與文學」一文。

註十三：目前對巴爾特及結構主義文學理論的批判，大多仍留在形式範疇，鮮有從本質上直探根源的，下列的英文論文是一大例外。對結構主義有興趣的讀者，如要在這方面作進一步的探討，可以參看：
Fredric Jameson, "The Ideology of Text," *Salmagundi*, No. 31-32 (1975-76), p. 204-246。

誰是大師？

—法國知識界的一場選舉

巴黎的「讀書」雜誌舉辦了一個別開生面的選舉：由該雜誌先行選出的六百位「代表各方面」的法國人，分別就一張冗長的名單（據說名字多達一千），圈選他們心目中，三位「最具影響力」的當代法國知識份子。

「代表人物」選舉「代表人物」的結果是：李維史陀（Claude Lèvi-Strauss）以一〇一票高居榜首，雷蒙·阿宏（Raymond Aron）以八四票屈居次席，米修·傅柯（Michel Foucault）以八三票列在榜末。

第三名以下，票數就明顯下降和分散。心理學家傑克·拉康（Jacques Lacan）得五十一張票，距傅柯遠甚，居於第四位。第五位是存在主義大師沙特生前好友名作家西蒙·地·波娃(Simone de Beauvoir)。第六位是長期旅居美國的女小說家瑪格麗特·尤仙娜（Marguerite Yourcenar），她是法蘭西學院的第一位女院士，但僅獲三十二票。第七位是史學家布勞岱爾（Fernand Braudel），得二十七票。另有三十五人各獲十至二十四票不等。

這次的選擧，雖然在挑取「選民」及選擧方式上，頗有可以非議之處，但大體上仍可視爲八十年代初期巴黎知識界風尙的反應。然而，從這個角度來看，這場選擧的結果，實在出人意表。在結構主義「已至荼蘼」，早已進入所謂「後結構主義」(Post-Structuralism) 的時代，李維史陀（一九〇八年生）以結構主義及人類學大師的身份，能遙遙領先，的確叫人驚訝。

結構主義者筆下的「結構」，並不能就一般的定義來理解，而是指各種事物或現象裏，潛藏的（深層的）構造成分之間種種關係的總和。換言之，個別的構造成分並沒有獨立的個體特質，其特質來自與其他成份連鎖的關係。李維史陀曾用這個基本觀念來分析神話，著有四大卷的「神話學」。他的實踐是將神話裏最小的意義成分抽離出來，孤立成基本構成單位，然後將這些最小的意義單位之間的相互關係整理出來，建立一個基本深層模式。這些意義單位之相互關係，通常也在其他神話系統裏驗證和尋求對應。這種相互關係的產生，並不是一目瞭然的，往往會通過換位、功能上的相似來進行。例如中國的寒食和歐洲中古復活節及四旬齋，原有不同的「故事」內容，但李維史陀抽出基本結構成分後，透過轉位和合併等說明工作，企圖展示人類思維深處相同的結構模式。歐洲的四旬齋在齋戒四十天的最後一週，教堂得改用木製樂器，同時要熄滅舊火，到復活日才以玻璃或水晶聚日重起新火。這與中國寒食節之禁火、冷食、重新起火大致相同。因爲這兩種節日基本上與古代的神話及儀式有密切關係，而在不同種族文化裏，以異中有同的面貌出現。

對於控制表面現象的深層結構，結構主義者有時將之歸併入人類心靈的「無意識」。這個觀點與雷蒙・阿宏的一個基本信念剛好相反。阿宏曾長期提倡「分析的與科學的理性主義」。其成名作是一九三八年出版的「歷史哲學述評：論歷史客觀之局限」。這本書不但批判當時盛行的歷史客觀性之概念，且對人文學科認識論上之客觀性重加檢討。但阿宏的名氣並不單來自其社會學及哲學專著，例如一九四九的「德國社會學」、一九五一的「歷史的批判哲學」、一九六七的「社會學思潮」，而是本自其以深厚學養爲基礎的報刊散論。長期以來，阿宏不斷爲巴黎的報紙和雜誌撰寫社論、專評和雜文，對法國的文化、社會、政治狀況，提出獨特的個人分析及褒貶。其立論之特色在於能忠於本身的思想，不趨時迎世，受流行風潮左右。當然，在某些人眼中，這位出生於一九〇五年的老學者是有點「頑固」的。

不過，在英美史學界及社會學界，近年來備受矚目的並不是阿宏，而是米修・傅柯（一九二六年出生）。作爲一位史學家，傅柯可說是極端懷疑論者，甚或是「虛無主義者」。對於所謂史實，傅柯拒絕採取實證主義的態度，而認爲史實只是詮釋上的問題。史實的意義並不是先驗性的存在，而是來自分析和說明的心智活動。這種史實的意義未定論其實可以追溯至尼采的名言：「沒有事實，只有詮釋。」從這個觀點出發，不少現成的歷史觀念或事實都是要重作檢討的。傅柯對精神病（「瘋狂與文明」）、監獄制度（「牢獄之誕生」）、性愛（「性史」）之批判性探討，都可視爲他在這方面的努力。然而，傅柯其實是一個矛盾體。他雖然是史實的虛無論者，但在實踐上，他又大量堆砌史實，認爲從不同的範疇裏抽取材料，或許可以通過不同知識領域之間的互爲聯繫，建立一種認識論上的整體結構或關係模式。

不過，傅柯對人文學科的震撼，並不單是方法論的，也是觀念上的。例如他認爲所有的知識，最後必然與權力慾望結合。人文學科的研究方法，可以是客觀和凌駕現實的，但其「非介入性」往往變成爲現有社會關係及政治實踐撑腰。但相當矛盾地，傅柯又强調體系及基本模式之籠罩性，不承認個人作爲認知主體的可能性。誠如英國史學家湯普遜（E. P. Thompson）批評傅柯時說：「他早期論著裏的歷史，是沒有主體的結構，所有個人均被意識形態所抹煞」。

傅柯與李維史陀、拉康等，雖來自不同學科，但不少學者都把他們歸併在結構主義的範疇裏。由於結構主義向被左翼知識分子批評，視爲「唯心主義的翻版」，此次三位主要人物能夠遙遙領先，而左翼知識份子票數極爲單薄，或許代表了巴黎知識界態度上的一個改變。此外，李維史陀、阿宏、傅柯三位都是法蘭西學院的院士，可見該院在法國知識界，仍居領導地位。另一方面，票數最高的七位知識份子均來自人文及社會學科，自然科學專家，幾乎沒有得到什麼選票，或可視爲法國人重視人文傳統之反映。這個選舉還有兩個結果值得注意。其一是政治人物的落榜。唯一尚能得票的政治人物是曾任塞內加爾總統的著名詩人桑戈爾（Leopold Senghor）。其二是報界人士（名編或專欄作家）的冷落。例如「世界報」的專論作者 Hubert 與 Beuve-Mery 多年來被指控以其論評來影響大衆，左右輿論，但到了選擧「影響性人物」時，連一票也拿不到。

這兩種情況顯與法國知識界那種「高高在上」，下意識裏輕視報界及政界的傳統成見有關。

學術界當然不能夠以這種選舉來作價值判斷，但這種選舉除了提供談助外，顯然也是社會重視思想界的一種表現。從沙特出殯，巴黎萬人空巷的盛況來看，大概只有在法國，知識界大師才可以成為明星，還會變成選舉對象。

（一九八三）

附記：本文因屬報導性，故對幾位思想大師的介紹相當簡陋。有興趣的讀者，可參閱下列中文資料：艾德蒙・李區，「結構主義之父——李維史陀」（黃道琳譯）；李維史陀，「神話與意義」（時報出版公司）；周英雄，「結構主義與中國文學」（東大版）；張漢良，「比較文學理論與實踐」（東大版）；王德威，「淺論福寇：語言、陳述、歷史」，「中外文學」八三年一月號。

偵探小說與現代文學理論

臺北「聯合文學」月刊第十期的重頭戲是「推理小說特輯」。這個特輯除了作品選譯，還有好幾篇論介。其中一篇是英國散文家蔡斯特頓(G. K. Chesterton)的「爲偵探小說辯」。柯南道爾的福爾摩斯之後，蔡斯特頓在一九一一年爲英國的小說偵探添加了直覺敏銳的布朗神父。但在那個年代，偵探小說是消閒讀物。創作偵探小說，對一些作家來說，更是隱遁在筆名後面的活動。蔡斯特頓不但創作偵探小說，還一再寫文章辯護，認爲偵探小說也有好壞之別。好的也不亞於所謂嚴肅的小說。

蔡斯特頓的論點之一是，偵探小說的結局總是粉碎罪惡、伸張正義，是道德秩序的重建。蔡斯特頓强調偵探小說的道德訓誨作用，或許源於他的天主教信仰。不過，從讀者的閱讀反應來看，傳統偵探小說的結局，無疑有一種蕩滌作用，一種心理上的滿足感。不過，照英國現代詩名家奧登的說法，這種滿足感可以追溯至西方基督教文化裏的原罪觀。甚至進一步說，西方人對偵探小說的入迷，正因爲偵探小說有善與惡的倫理選擇，而這個選擇，又重新間接喚起西方基督教倫理的罪與罰、告解與救贖等老問題。奥登的朋友劉易士（C. Day Lewis，詩人及批評家，曾任牛津大學詩學講座教授，用筆名寫偵探小說）更認爲，偵探小說的興起和西方社會宗教的沒落有關，因爲前者成爲原有罪惡感的新去處。

從「原型學派」文學批評的觀點來看，奥登和劉易士的說法也可以用另一個角度來解釋。「原型學派」認爲文學作品之能超越時空去吸引讀者，是由於作品包藏重覆出現的主題、母題、人物及意象等（亦卽「原型」）。舊約聖經裏的伊甸園、伊甸園的失落、該隱的謀殺阿伯（卽所謂人類第一宗謀殺案），長期以來就盤據西方文學的想像世界，不斷變奏出現；偵探小說裏的罪惡世界，無疑是失樂園後的景象。有幾位「原型學派」批評家曾經指出，「追尋」是所有神話英雄必然經驗的過程，沒有「追尋」的鍛鍊，也就沒有神話英雄的誕生。推而廣之，在嚴肅的文學裏，從荷馬史詩到現代的啓悟小說，追尋的過程自外在世界轉移至內心世界，但仍可總攝於「追尋」這個原型。偵探小說不是殿堂文學，但在其通俗的想像世界裏，「追尋」無疑是構成這個文類的最基本公式。在傳統的偵探小說裏（如克麗絲蒂的作品），「追尋」的重點僅在於破案及犯罪過程的揭露。但在美國名家漢密特和陳德勒（Dashiell Hammett and Raymond Chandler）以大都市爲背景的「粗線條」(hard-boiled) 偵探小說裏，「追尋」的過程往往涉及威逼、利誘、社會黑暗面，成爲主角（偵探）的道德感及正義感的考驗。在這個層次上（尤其是陳德勒的作品），於「原型學派」眼中，「追尋」的原型顯可與嚴肅文學裏歷煉、選擇、個人成長的情況相比。

奥登和劉易士對偵探小說風行西方的解釋，大概不是傳統佛洛伊德學派所能完全接受的。美國心理學家柏德臣——克拉格（Geraldine Pederson-Krag）在一篇五十年代頗有影響力的論文裏曾說，閱讀偵探小說的經驗，大略相當於孩童時期的 primal scene；這個心理分析術語是指兒童初次發現（眞實的或想像的）父母性交行爲及隨之而來的震撼和不安。這篇論文認爲偵探小說的罪案及其秘密相當於本來隱蔽的性行爲；小說裏的各種線索，相當於兒童逐步對各種細節的蒐集和瞭解；而偵探當然就是兒童本身。但閱讀偵探小說之不同於原有的孩童經驗，在於小說可以讓讀者不斷在下意識裏重新體會這個經驗，但不會有附帶的不安及焦慮。如果這個說法可以成立，那麼大概偵探小說迷在性心理好奇方面，都有某種執着吧。

佛洛伊德雖然是大師，但也有考慮欠周的地方。例如在心理分析過程中，語言是醫師（及對象）必然依賴和運用的。語言在這個過程中扮演的角色，及語言本身的先天性局限，佛洛伊德並沒有注意。到了五十年代，法國心理學家拉康（Jacques Lacan）受語言學家索緒爾的啓發，將語言學的一些觀念與心理分析作科際之間的整合；在一九六六年以歐美偵探小說先驅艾德格・愛倫・坡的作品「盜信記」爲例，說明語言系統及其運作如何影響個別主體的身份之建立。拉康的學說在七十年代大盛於歐美，人稱「法國佛洛伊德學派」。

不過，心理分析學派對偵探小說的探討，顯然未能顧及作品的基本組織成份（例如情節及人物塑造）。在這方面，六十年代中葉開始盛行的結構主義敍述學提出另一個分析角度。結構主義敍述學啓蒙於神話分析，將不同的神話抽離其原有的社會歷史時空，孤立地互爲覆叠，找出功能相同的個別元素，重組成深藏於表面迥異的現象下的共通深層結構。意大利學者艾誥（Umberto Eco）曾經將伊安・法蘭明的〇〇七特工小說全部覆叠，簡約出一個共通的結構公式，並將所有的小說人物分成兩個對立的價值系統。他認爲〇〇七特工小說表面上雖然繽紛歧異，但不過是這個公式及基本意識形態的不斷變奏。而這些小說之能風行一時，是因爲在每個表面上不同的閱讀經驗裏，讀者能够重溫其喜愛及熟悉的慣例。艾誥認爲這個說法也可推及偵探小說。

法國學者羅蘭・巴爾特（Roland Barthes）則指出，作品的基本模式可以是相同的，但個別意義的產生，還得通過閱讀時對既定的示意系統或「語碼」的掌握。他提出五種「語碼」作爲分析手段，其中第一種「疑問語碼」是傳統小說中最常見的。一般而言，傳統小說的興趣是說故事，而說故事離不開賣關子；製造懸疑和提出問題自然挑逗讀者追讀小說的興趣。因此，雖然巴爾特並沒有特別提出偵探小說，但這個語碼在偵探小說中顯然最爲突出。英國學者凱慕德（Frank Kermode）就曾借用巴爾特這個觀念來說明傳統小說與現代主義小說之異同，他並特別用偵探小說來說明傳統作品在情節、人物、模擬現實方面的特徵，指出「疑問語碼」在傳統作品中的顯著。而在現代主義小說裏，這個語碼雖然表面存在，但往往失落在事件的多義性、結構的遊戲、主角的內在經驗裏，成爲非常次要的成份。（凱慕德的法國「反小說」例子甚至拒絕在結局時解決小說的懸疑，成爲沒有結局的結局）。

相對於結構主義敍述學特別形式化的分析方法，社會文化學派強調作品的意義（尤其是屬於社會現象的通俗文學），必須回歸到歷史、社會和文化的脈絡裏方可彰顯。美國理論家詹明信（Fredric Jameson）就認爲：陳德勒的小說還能讓讀者目睹社會人情風貌，瞭解生活的形態；而在現代主義作品裏，人物的面目日益模糊，社會的外在眞實由孤絕的內心眞實取代。此外，小說的推理性逼使讀者關注個別細節，因爲連日常生活的習慣都可能是重要線索，而這種細節描寫與情節緊密結合，又不同於自然主義式的徒然大量堆砌。同時，陳德勒的情節安排（經常涉及大都市社會的不公、頹廢、黑暗），往往使主角（偵探）出入於上、中、下流社會，因而包羅社會的「全體性」。也可以說，這些特色正是陳德勒小說與克麗絲蒂等傳統偵探小說的重大分歧。誠如彭淮棟在「聯合文學」的「推理小說特輯」所說：「克麗絲蒂本人對人性、善惡、美醜等價值有相當中肯的看法，但小說既情節至上，這些問題甚少容身餘地。她再奇變的謎團、再莫測的過程，經過乾淨俐落的剝解收拾，物無隱貌，不奇、可解。最忠於遊戲規則，莫過乎此。但是，人的性格不見了，成爲棋子，由作者精心掉弄。現實裏有很多收拾不齊的線索頭緒、無法收拾的人事關係」。同理，松本清張一些作品之能有所超越，正在於他能跳出情節謎團的遊戲規則。谷巴在「聯合文學」這個特輯裏也指出，松本清張的人物、背景、情節都落實在日常生活裏，又特重社會民生，而對生活細節的捕捉，令人感到是在看「一幅活生生的社會生活史」。

社會文化學派素有「辯證的」與「庸俗的」兩條路線之爭。後者常將上層建築等同於經濟基礎。從這個大前提出發，東德的 Ernst Kaemmel 就認爲偵探小說之風行西方，源於資本主義的不公和不義；孤立的英雄（偵探）單鎗匹馬的勝利，宣洩羣衆的怨憤，但又免除實際政治行動的重擔。他辯稱這個說法顚倒過來，就能解釋共產國家何以沒有偵探小說，但又認爲共產國家可以容納這個文類，不過內容應該改成公安人員智擒少數「壞份子」。這種說法不但「庸俗」，且教條十足，完全抹殺作者與讀者馳騁想像力的需要。然而，根據紐約聖若望大學金介甫教授對近年大陸犯罪小說的研究，上述的寫作模式正大量湧現。

或許一些學者認爲偵探小說難登殿堂，不值研究，也不屑一讀。然而，如果有志研究當代小說形式上的發展，偵探之道恐也得略知一二。法國「反小說」健將羅布格利葉和米修•布陀，俄裔英語小說大家納布可夫，意大利名家李安納度•夏俠（Leonardo Sciascia），德語小說家杜倫麥特，都曾借用這個文類形式寫出他們的代表作。

（一九八五）

「永遠」的郝思嘉

—密契爾的「飄」出版五十周年

斯托夫人的「黑奴籲天錄」在一八五二年三月出版後，立刻成爲當時的暢銷書，一年內以各種版本售出二百五十萬本。後來林肯總統在白宮會見斯托夫人時，笑說：「引起這場大戰的，就是妳這位小婦人」。他所指的，不單是此書的銷量，也是這部小說在國內外的强烈反響。

就十九世紀的暢銷標準而言，斯托夫人這部作品肯定是空前的。然而，「黑奴籲天錄」所「引起」的南北內戰，半個世紀以來，却通過另一位「小婦人」的「鉅著」而繼續茁長，深植於美國民衆的想像，成爲美國的國家「神話」。這就是瑪嘉麗特·密契爾在一九三六年六月三十日出版的「飄」。

密契爾出版處女作「飄」的時候，是美國文壇的無名小卒，六月三十日出版簽名派對上，只有十一個人出現，其中還包括女作家的父親（曾任亞特蘭大歷史學會主席）。出乎意料的是，書出後三個星期，「飄」竟然賣出十七萬八千本，創出版史上空前絕後的紀錄（這裏單指處女作）。全國均有連鎖店的梅西百貨公司更一口氣購銷五萬本。一九三七年獲普立茲獎後，聲勢更盛，直至一九三八年四月，都高踞暢銷書榜首。在出版後二十一個月內，共售出二百萬册。

「黑奴籲天錄」在十九世紀末已成爲絕版書，今日更是屬於「歷史文獻」。然而，「飄」在問世半個世紀後，現在每一年還能售出二十五萬册，美國國外也有約十萬册的銷路。在這五十年中，雖有平裝本及其他廉價本的撞擊，每年仍能賣出起碼四萬册精裝本。到一九八三年，已有一百八十五種版本，二千五百萬本的售量（這個數字包括有帳可查的二十七種譯本）；如果加上無數的盜印本和譯本的翻版，相信實際數字會更爲龐大。

「飄」出版後一個月，電影版權就由著名製片家賽斯力克以五萬美元購得；這在美國的經濟大蕭條期，是個天文數字。電影的拍攝雖然極不順利，換了幾個編劇和兩個導演，但以克拉克・蓋博和費雯麗的配搭，豪華壯觀的佈景，長期以來都是世界各地極受歡迎的美國影片。電影的成功，更進一步將這段歷史「神話化」，使書中人物更深入民間（此片在國內上映片名是「亂世佳人」）。一九四九年，密契爾車禍喪生後，亞特蘭大分別以街道、醫院急診室、圖書館閱讀室、小學的名字來紀念她。一九八六年六月是「飄」出版五十周年紀念，亞特蘭大自然盛大慶祝，從書展到遊行，能想到的活動都全部上場。美國出版界見錢眼開，當然不甘後人。麥美倫公司便推出「飄」的第一版的影印本（原本目前的書市價格約在八百至一千美元之間）；柯力亞公司出版密契爾關於「飄」的書信；甚至密契爾的傳和費雯麗的傳，都新版發行。

「飄」這部小說何以「歷久不衰」？在三十年代，由於經濟大衰退，有一些人認爲文字和映象的「飄」，讓廣大羣衆逃避現實，自然當時得令。一般則以爲南北內戰是美國歷史上最壯烈的一頁，不但家傳戶曉，昔日戰場至今猶在，黑白之分尚未全泯，這部作品融歷史與愛情於一爐，女主角的際遇又曲折蜿蜒，再加上後來電影、電視、錄影帶的推廣，焉能不深入羣衆？

雖然廣受歡迎，早期也捧了個普立茲獎，但美國的文評界（尤其是二次大戰後）都普遍冷落此書。一般的文學史能够帶上一筆已算不錯；研究現代美國文學的專著如有提及，多加貶抑，尤其是書中殘存的種族主義色彩。「飄」在說故事及人物塑造方面，雖也有少數論著讚揚，但大體上仍是「中額」(middle-brow) 小說的水準，肯定不是文學傑作，更不是美國學院界一直期待的「最偉大的美國小說」，但其廣泛吸引力，無疑是一種文學現象，某種集體意識的反映，評論界似乎不能單單「就文學論文學」，而應從社會文化或文藝社會學的角度來分析。

三十年代成名的評論家艾德蒙・威爾遜 (Edmund Wilson) 可能是最早從這個角度出發的。他在討論南北戰爭文學的名著 *Patriotic Gore* 裏說：「摧毀了封建的南方後，北方人又想知道南方昔日的繁華、老派的禮儀、舊式的典雅；戰爭末期開始蓬勃的工業發展，使得北方和南方的城市興旺發達，但也因此變得醜陋和粗魯，失去舊日的雍容；此外，北方人也想爲戰爭的殘酷略作補償。於是，他們接收了南方的神話，自己開始沈醉其中。他們這種接受，到了『飄』的出現，達至高峰；而『飄』的空前盛況，成爲『黑奴籲天錄』的奇異的對比平衡」。

當代評論家李斯黎・費德勒 (Leslie Fiedler) 一九六〇年出版名作「美國小說裏的愛情與死

亡」時，對「飄」可說是「口誅筆伐」，毫不留情。但到了一九七九年，他從神話原型學派文評的觀點出發，認爲「飄」雖然被摒於廟堂之外，但繼承的傳統，是美國文化深層裏偏重女性、家庭、羣體、社會的原型模式，是美國文化及文學視野裏另一股生機不斷的傳統，其廣受歡迎及「歷久不衰」，自有內在潛因。到了八十年代，在「文學是什麼」一書，費德勒更圖進一步爲「飄」翻案，認爲通過文字及映象，這部作品對集體意識和國家神話的塑造，影響深遠，自有殿堂文學所不能及之功能。

南北內戰後，原有的南方一去不復返，「黑奴籲天錄」控訴的暴行，「飄」刻意經營的田園牧歌，都成爲歷史、檔案和資料；除了學者之外，就在可考與不可考之間，神話於焉而生。戰前的農莊社會，自給自足，「和諧融洽」（電影裏尤其如此），無疑是個「樂園」。戰亂帶來的自是「樂園的失落」。二者皆爲深受基督教影響的西洋作品常見的原型。此外，單就女主角的際遇而言，她的成長也代表了一連串的失落。她失去的不單是青春、純真、愛情和家庭，也包括兩個男主角所分別代表的理想和現實。然而，她的堅毅使她認爲「明天又是一個新的開始」。她在作品結束時孑然一身，失去她珍惜的一切，但仍然相當樂觀，與美國社會的進取精神，頗爲契合，對每一個讀者或觀衆都有所交代或誘導。因此，從「樂園」到「樂觀」，這部至今風行的作品，雖屬「中額」的大衆文化，但不乏某種烏托邦的元素，能够滿足羣衆潛藏的、期望美好的欲求。大衆文化可以是消費的、意識形態上扭曲的、欠缺藝術自覺性和匱乏省思批判的產品，但很多時候也弔詭地、辯證地深含某些理想成分，透過作品的情節，吸引著讀者，反照出讀者的渴求（此處談大衆文化的基本性格，觀點得自理論家詹明信 Fredric Jameson 近年來的看法）。

此外，從心理分析的觀念來看，作品中兩對男女主角，都可說是一體兩面、一人兩貌（double），代表人性中雙重性、兩極性的矛盾結合。兩個男主角分別是眞小人／眞君子、浪蕩子／好丈夫、現實／理想的對比，但也是人性和心靈願望的投影或反映。同樣，兩個女主角雖是端莊良淑／豔麗嬈媚、賢妻／情人、理想／現實的比照，但大概都是女性主義湧現前，不少女性願意同時兼有的對立面。從這個角度來看，女男讀者的心理願望和基本二元性，都可以照顧到，能够歷久不衰，似乎也有另一番道理。

最後要附帶一提的是，「飄」雖有南北內戰大動亂的殊性，也有男女情愛的共性，但如果完全沒有美式大衆傳播媒介的宣揚，「飄」的成功也許不會如此鼎盛。

（附識：美國「每月書會」新近發行的「飄」五十周年紀念版本，書前有作家湯姆．威克的序，本文一些數字卽取自此序。）

（一九八六）

IV 龐德與詩經

英美現代大詩人龐德一九七二年以八七高齡逝世於威尼斯。這位現代文學的樞鈕性人物，生前是儒家主義的信徒，中國詩的崇拜者。

龐德與儒家思想的接觸，大概始於一九一三年。當時美國漢學家范羅諾沙(Ernest Fenollosa)的遺孀將其先夫的遺稿交託龐德整理。范羅諾沙在旅居日本期間，曾鑽研中日古典文學，其遺稿包括日本能樂、中國古典詩的英譯草稿，及一篇名爲 "The Chinese Written Character as a Medium for Poetry" 的論文。自這個時候起，龐德便譯儒家經典，宣揚儒家思想，歷數十年而不輟。一九二二年「中庸」的法譯在倫敦刊出。一九二八年出版「大學」英譯本。一九三七年刊出「論語」的節譯。到十年後，「大學」與「中庸」的英譯又合集出版。「論語」全譯則在五一年發行。儒家的「四書」，龐德共譯介其三，「孟子」雖然沒有譯出，一九三八年曾發表論文介紹。在英譯和法譯之外，龐德也有意大利文譯本出版。一九五四年在倫敦出版的「詩經」英譯（*Confucian Odes: The Classic Anthology Defined by Confucius*），理論上應是龐德畢生最後一本重要的翻譯作品；而從龐德的定義來看，也是詩人最後一次譯介儒家作品。從龐德的英譯題目，以及譯文之採納儒家學派的傳統註解，可推想到龐德是把「詩經」視爲儒家作品之一部份。本文的目的，並不在揭示龐德翻譯上的謬誤，而是要討論這些譯詩與龐德的創作及詩觀的關係。換句話說，這部「詩經」英譯可以視爲龐德某些創作觀的顯影藥水。

1

范羅諾沙討論中國文字的論文，對於龐德來說，並不純是語言學的研究，而是「所有美學上基礎問題的探討」，龐德將這篇文章編修出版時，副標題是「一篇詩學論文」。范羅諾沙這篇文章對龐德的詩觀影響很大。以下兩點是范文中與此地的討論發生直接關係的：（一）中國文字不少係象形字，最接近自然。（二）中國文字沒有嚴格的主動被動之分，而以主動爲主。

范羅諾沙認爲：「不少原始的中文字，即使所謂部首，都是動作或行動過程的速寫圖。例如「言」字是一張嘴加上兩個字和一股直冒而出的火燄。……

太陽低伏在茁長中的植物是「春」。
太陽纏繞在樹木的枝椏便是「東」。
「田」加上「力」（掙扎）便是「男」。

照范羅諾沙的說法，中國讀者透過這些象形字，在閱讀詩作時是與自然的活動直接發生接觸，而世界上只有中國文字具有這種逼近自然的特色，其他的各種拼音文字都是人爲的、約定俗成的符號。

由於范羅諾沙的擧例和說明，龐德了解到中國文字在構造上常以具體事物的象形爲組合，所以在翻譯中文或在詩作裏引用中文，不時都拋開文字的完整知性意義，而去發掘組成份子的個別意義。且看這個例子：

The Appointment Manque

Lady of azure thought, supple and tall,
I wait by nook, by angle in the wall,
love and see naught; shift foot and scratch my poll.

Lady of silken word, in clarity
gavest a reed whereon red flower flamed less
than thy delightfulness.
In mead she plucked the *molu* grass,
fair as streamlet did she pass.
"Reed, art to prize in thy beauty,
but more that frail, who gave thee me."

這是「邶風」的「靜女」。原文如下：

靜女其姝，俟我於城隅。愛而不見，搔首踟躕。靜女其孌，貽我形管。形管有煒，說懌女美。自牧歸荑，洵美且異。匪女之為美，美人之貽。

龐德譯文第一行前半的"Lady of azure thought"顯然是運用「拆字法」，把原文第一句的「靜」字的青部獨立起來的結果。這種「拆字法」用在詩裏，有時候會得到意想不到的詩化和濃度，但許多時候就不免「走火入魔」了。這一行的「青色思想的仕女」就是很好的說明。譯文第二節第一行前半則來自原文「變」字的三個組成部份：言、絲、女。

類似的例子在龐德的譯文裏尚有不少。例如「周南」中「桃夭」一首的「桃」字就被譯成"omen tree"。桃字左邊是木，右邊是兆，所以桃樹便轉化成「預兆的樹」。由於原詩詠女子出嫁，以桃為起興，龐德的譯法尚不致太過離譜，勉可與文義相承。龐德這種拆字法，並無一致性，而是因詩而異。例如「魏風」裏「園有桃」一首的桃字仍譯作"Peach"。可見龐德「桃夭」一首中桃字的譯法是以桃樹的開花結果作為配合婚禮的徵兆。「魏風」中另有一首「碩鼠」，龐德把碩字譯作"Stone head"，碩鼠便變成"Stone head rats"。「大雅」中「假樂」一首第二句是「顯顯令德」，顯字的左邊是日和絲的組合，龐德的譯文作"Tensile his virtu is"是相當活潑的意譯，並不能視為誤解。但龐德又施展「拆字法」，將顯字的左半拆譯成"THE SUN SPIDER"（大概以蜘蛛的吐絲和絲網來譯日部下的絲），移作全詩的題辭：

The Sun Spider

in the ideogram Hien

龐德這種拆字以求意象的手法，不單用在翻譯中，後期的「詩章」（*The Cantos*）也相當普遍，例如「詩章」第七十七：

Their aims as one
directio voluntatis, as lord over this heart 志
the two sages united.

引文第二行的前半是中文「志」字的拆字意譯，後半則是直譯構成這個字的兩個部份。下面是另一個例子（見「詩章」第七十四）：

Name 'em, don't bullshit ME.
莫 ΟΥ ΤΙΣ
a man on whom the sun has gone down

引文的第三行也是將中文的「莫」字拆譯而成的。在上引兩例，「志」和「莫」兩個中文字的插入英文詩中，並不是要證明某一行的來源，而顯然是用作並置性的意象。中文字與英文詩行的並存，一方面可以刺激讀者的注意力；另一方面，中國文字的具體性（concrete quality），照龐德的用意而言，可以輔助和襯托英文的意義。

范羅諾沙一文對中文的動詞有這樣的說法：「中文動詞的妙處是沒有『及物動詞』和『不及物動詞』之分，端視用者的意旨而定。中文裏並沒有自然『不及物』的動詞。被動的形式顯然是相關性的句子；至移轉過來使副詞成爲主詞。物體本身並不是被動的，在一項動作中也提供其自身的力量——這個看法正與科學法則及日常經驗相符」。范文更進一步指出，中文動詞這種曖昧性比較接近自然裏的實際情形。動詞的時間性、及物、不及物，無疑是人爲的制定。

但是英文既沒有這個優點，范羅諾沙便傾向於主動的動詞 (active verbs)，認爲總比人爲的被動語氣更接近自然。這個觀點對龐德的翻譯和創作顯然有影響。「詩章」的前半就甚少被動語法。在「詩經」的翻譯上，我們拿上面引用過的「邶風」「靜女」一首和其他的英譯一比，就不難窺見龐德在這方面的刻意經營。早期的漢學大師李格 (James Legge) 的譯文，第一節第二句作"She was to wait me"，龐德是"I wait by nook,"。同節第三句龐德作"love and see naught"，另一位譯者韋理 (Arthur Waley) 是"But she hides and will not show herself"。第三節第一行韋理作"She has been in the pastures and brought for me rushwool"，在龐德筆下乾淨利落得很：In mead she plucked the *molu* grass"。

2

「詩經」的民歌風是相當濃厚的。語言上純樸素淡，技法上重疊的反復出現。在龐德的手中，民歌的自然轉折成繽紛華耀的雕鑿。龐德把「詩經」複雜化的法子有好幾種。錯綜繁富的節奏是其中之一。這可以「周南」「關雎」一首爲例：

關關雎鳩，在河之洲，窈窕淑女，君子好逑。參差荇菜，左右流之。窈窕淑女，寤寐求之。求之不得，寤寐思服。悠哉悠哉，輾轉反側。參差荇菜，左右采之。窈窕淑女，琴瑟友之。參差荇菜，左右芼之。窈窕淑女，鍾鼓樂之。

"Hid! Hid!" the fish-hawk saith,
by isle in Ho the fish-hawk saith:
    "Dark and clear,
So shall be the prince's fere."
clear as the stream her modesty;
As neath dark boughs her secrecy,
    reed against reed

tall on slight
as the stream moves left and right,
dark and clear,
dark and clear.
To seek and not find
as a dream in his mind,
think how her robe should be,
distantly, to toss and turn,
to toss and turn.
High reed caught in *ts'ai* grass
so deep her secrecy;
lute sound in lute sound is caught,
touching, passing, left and right.
Bang the gong of her delight.

龐德的譯文，語法和詞藻近似 ballad，相當活潑，節奏類乎詠唱。龐德的譯法固和原文頗有出入，但原詩的複沓性（「窈窕淑女」和「左右×之」的重覆）依舊保留。其他的譯者雖然都在注意到原詩的語法重覆，但譯文和龐德的比較，顯得刻板和呆滯。由於其他譯文太多，這裏只引漢學家李格的譯文：

Kwan-kwan go the ospreys.
On the islet in the river.
The modest, retiring, virtuous, young lady:-
For our prince a good mate she.
Here long, there short, is the duckweed,
To the left, to the right, borne about by the current.
The modest, retiring, virtuous, young lady
Waking and sleeping, he sought her.
He sought her and found her not,
And waking and sleeping he thought about her.
Long he thought; Oh! long and anxiously;
On his side, on his back, he turned, and back again.

Here long, there short, is the duckweed;
On the left, on the right, we gather it.
The modest, retiring, virtuous, young lady
With lutes, small and large, let us give her friendly welcome.
Here long, there short, is the duckweed;
On the left, on the right, we cook and present it.
The modest, retiring, virtuous, young lady
With bells and drums let us show our delight in her.

李格的譯文當然要更接近原文，但可讀性就比不上龐德。龐德的毛病是譯文的額外增添，例如"dark and clear" 即不見於原文。李格的這部翻譯，也就是龐德在重譯時根據的版本之一。照「詩序」的說法，「『關雎』，后妃之德也，風之始也，所以風天下而正夫婦也」。儒家信徒的龐德，當然不敢逸出這個定義。其譯文比起韋理、李格等人都要來得間接，氣氛顯着神秘（dark and clear 的重覆和 Hid! Hid! 的插入）。韋理的翻譯就直接了當譯成男女慾愛的浪漫情詩。

龐德又喜歡把一些「無我」及並不具有特殊的個人意義的作品，轉化爲相當個人化的詩。最常用的手法便是把一些詩句扭轉成對話，因此，一段描寫後，常常冒出兩行對話。上面「邶風」「靜女」的英譯是很恰當的例子。這種轉換使到本來屬於第三身報導性的詩行比原文來得更直接。部份轉變由於一些原詩本有對話的意味，並不能視為無中生有，另一些則完全是龐德的想像。還有一部份譯詩放棄上述這個手法，但把第三身的客觀情況轉譯成第一身的縷述；當然中詩英譯許多時候無法不加上英文的I，可是我們審閱龐德的譯文，就會發現不少可以插入I的詩，龐德還是保留原文的報導性和集體性。下面舉「召南」的「殷其靁」為說明：

Crash of thunder neath South Hill crest,
how could I help it, he would not rest,
    Say shall I see my good lord again?

Crash of thunder on South Mount side,
how could I help it, he would not bide,
    And shall I see my good lord again?

Crash of thunder under South Hill,

a fighting maun have his will,
Say shall I see my true lord again?

殷其靁。在南山之陽。何斯違斯，莫敢或遑。振振君子。歸哉歸哉！殷其靁。在南山之側。何斯違斯，莫敢遑息。振振君子，歸哉歸哉！殷其靁，在南山之下。何斯違斯，莫或遑處。振振君子，歸哉歸哉！

原文當然可以說是有「我」的身份在內，但基本上這個「我」仍然套在一個相當客觀的背境裏。龐德的譯文非但是「我」現身說法，而且是頗爲明顯的閨怨詩，這是龐德擺脫傳統儒家註解的一個少有的例子。

就整個譯文的用字遣詞而言，龐德的作法可說是「大雜薈」。龐德晚期詩作偏好古僻字眼，「詩經」譯文中也用上不少。例如「殷其靁」英譯第一段第一行的 "neath"。下文另引「東門之楊」譯詩亦可見龐德對一些古舊英文字的愛好。但另一方面，不少譯作又來得很口語化，起碼是美國英語的口語化。「小雅」中「黃鳥」一詩在龐德筆下，衍變成美國南方黑人的呼喊：

Huang Niao

Yaller bird, let my corn alone,
Yaller bird, let my crawps alone,
These folks here won't let me eat,
I wanna go back whaar I can meet
the folks I used to know at home,
        I got a home an' I wanna' git goin'.

Yalla' bird, let my trees alone,
Let them berries stay whaar they'z growin',
These folks here ain't got no sense,
can't tell'em nawthin' without offence,
Yalla' bird, lemme, le'mme go home.
        I gotta home an' I wanna' git goin'.

Yalla' bird, you stay outa dem oaks,
Yalla' bird, let them crawps alone,

I just can't live with these here folks,
　　I gotta home and I want to git goin'
　　　To whaar my dad's folks still is a-growin'.

黃鳥黃鳥，無集于穀。無啄我粟。此邦之人，不我肯穀。言旋言歸，復我邦族。黃鳥黃鳥，無集于桑。無啄我梁。此邦之人，不可與明。言旋言歸，復我諸兄。黃鳥黃鳥，無集于栩。無啄我黍。此邦之人，不可與處。言旋言歸，復我諸父。

在「衞風」的「氓」裏則來了一句美國日常用語：“It's O. K. with me”。黑人農民的特有腔調之外，龐德在「邶風」「式微」一首裏還用上英國平民對地主貴族的稱呼“milord”。

Why? why?
By the Lord Wei,
For the Lord Wei this misery

sleeping in dew.
Never pull through!

Worse, worse!
Say that we could
go home but for his noble blood.

Sleeping in mud,
why? why?

For Milord Wei.

式微式微，胡不歸。微君之故，胡為乎中露。式微式微，胡不歸。微君之躬，胡為乎泥中。

美國龐德學者 Hugh Kenner 認爲龐德的詩經譯文，不少地方直接模擬英詩中一些大詩人的風格。照 Kenner 的看法，葉慈、莎士比亞、彭斯、米爾頓等詩人的風格都被龐德派上用場。至於「頌」的英譯，不少地方襲用中古英國「神蹟劇」的句法和用語。另一位龐德學者 Donald Davie 曾指出「式微」一詩譯文前的題詞(KING CHARLES)出自白朗寧的"Cavalier Tunes"。依憑這條線索，Davie 更探出「生民」的譯文格調上模仿白朗寧的 "Marching Along"，而該詩歌詠的對象正好是 King Charles。

龐德在一九一三年的「意象主義」(Imagisme) 一文曾論及譯詩的幾個難關。他認為「logopoeia 是無法翻譯的」。龐德對 logopoeia 的定義是「字裏行間神智之舞」(這句話說得很玄，如果一定要把這個名詞譯成中文，大概可暫譯成「神韻」)。照龐德的說法，「神韻」雖不可譯，「但原作的心態仍可透過意譯表達出來。也許我們可以說，這是不能『直接地』(locally) 翻譯出來，但一旦判定原作者的心態後，便可能(有時是不可能)找到一個相等的類似說法，或是自原作導衍出一個傳神的翻譯」。龐德把「詩經」通過莎士比亞、葉慈、美國黑人等的「面具」演出，正是「相等的類似說法」的操作。對英詩傳統有認識的讀者，便可透過風格上的近似，聯想到某些英詩描繪的情景。對美國黑人在棉田工作的辛勞和苦痛有了解的，也能藉着文字風格的黑人口語化，而把他們和「詩經」時代裏在天災戰禍中耕作的農民相較。除此之外，龐德又相信世界上不同文化的「同時性」(contemporaneity)，認為文化儘管迥異，彼此之間共通和近似之處甚多。這一個觀念顯然也是促使他找尋「相等說法」的動力之一。除開風格的模擬，龐德尚不時

'twas for last night.
Thick the close shade.
The dawn is axe-bright.

東門之楊，其葉牂牂。昏以為期。明星煌煌。東門之楊，其葉肺肺。昏以為期。明星晢晢。

這樣一來，兩首詩通過題詞的巧妙運用，在內容上便遙相呼應。後者變成前者的延續。如果「靜女」的情境是「驚艷」而「私訂終身」，「東門之楊」便是「幽會」和「應約」了。

3

一九一三年六月六日，龐德在 *T. P.'s Weekly* 發表一篇論文，題爲「我是怎樣起步的」(How I Began)。文內曾論及當時他對譯詩的一些看法：

我認為……我要認識的是作品裏生動的內涵 (dynamic content)，如果能做到這點，那麼各個文學傳統都公認為是屬於「詩」的特質，詩裏「無法毀壞」的部份，詩通過翻譯而不會喪失的東西，而更為重要的，是那種只有在某一語言內方能產生而在翻譯中無法重現的效果，我都能夠瞭如指掌了。

從這一段話，我們不難窺見，對龐德而言，翻譯詩作所應該把握的自然是詩中「無法毀壞」的部份，而不是細微的枝節，文字的前後次序等外在的問題。同時，如果能夠明瞭何種「效果」是原文獨有而翻譯無法重現的話，那麼一位兼具詩人身份的譯者自然可以捨直譯而去刻意經營一個類似或相近的效果。在一九一八年二月份的「小評論」(*Little Review*) 上，龐德又說：

某些東西可以從一種語言譯到另一種裏，例如故事或是意象；節奏幾乎是永遠譯不出來；而如果一件作品未經翻譯就流傳到國外，某些特質好像也會變得模糊，或顯得不大重要。彫鑿的形式，地域性的「品味」(local "taste") 等，都會失却重要性。

龐德這個排除「地域性的『品味』」從而緊抓住詩裏「無法毀壞」的特質的觀念，在他早年所譯的一首唐詩裏最爲明顯。

Light rain is on the light dust.
The willows of the inn-yard
Will be going greener and greener,
But you, Sir, had better take wine ere your departure,
For you will have no friends about you
When you come to the gates of Go.

這是王維的「送元二使安西」：「渭城朝雨裛輕塵，客舍青青柳色新。勸君更盡一杯酒，西出陽關無故人。」龐德的譯文刊於「震旦集」。如果我們從龐德的翻譯觀點來看這首詩，當會發現原作中的「渭城」和「陽關」兩個地名是屬於所謂「地方性的『品味』」，而原作中「無法毀壞」而「可以翻譯」的是離別之情。葉維廉在其英文論著「龐德的震旦集」(*Ezra Pound's Cathay*)裏有一段精闢的分析：「詩中特殊的時空所製造的特別的情境，顯然在中國讀者的意識裏加添地方性的色彩和意義。然而，這些獨特的聯想並不能爲西方讀者所感。因此龐德的解決方法是摒除地域性的聯想，而刻意經營原始基本的離別之情」。

大致上，龐德的早年譯作都有摒除地方性色彩的傾向，但「詩經」的英譯顯然和早年的作風背道而馳。原文的一些地名和特殊名詞，譯文大多亦步亦趨，而且也沒有加註。比較起來反而是韋理流暢明白的譯筆更接近早年的龐德。同時，龐德自己增加的一些典故和僻字，使到原詩加添不少「特殊」意義。某些地方甚至過爲直譯（雖然大多都是意譯），譯文因而有點晦澀。例如「關雎」一詩中的「在河之洲」，所有的譯者都乾淨利落譯作 river（李格的譯文則加註，說此河指的是黃河），龐德却「故弄玄虛」，音譯作 Ho。相信一般對中國文字沒甚認識的西方讀者，恐怕猜不出這個字指的是河流吧？龐德晚期這種作法和早年的翻譯觀及譯作互相枘鑿。唯一的解釋是他晚年已逐步放棄早歲的看法，而且後來的「詩章」對於典故的偏愛到了可怕的地步，那種五步一典，十步一故的作風，也難怪一般大學裏英美文學研究生提到他老人家的「鉅構」便要搖頭。就譯文這種故意把原文的樸素複雜化，和人地名及典故的保留與加插等作法而言，這部「詩經」英譯極爲接近「詩章」的創作。

4

自二十年代起，龐德的文學觀便開始傾向「文以載道」的看法。一九三五年的「彬彬集」（*Polite Essays*）便有這麼一段「載道」性的文字：「但丁的傑作是要『發人深省』的，正如史雲鵬不少詩作是寫來撕下維多利亞時代的褲袴」。

一九二八間，龐德正在進行「大學」的英譯。當時他用法文寫了一封信給朋友，說他重譯「

大學」的目的，是由於「他發現這本書裏不少觀念可以用來開化美國」。由此可見，龐德眼中的翻譯，只要運用得當，未嘗不是訓誨教導的工具。

「詩章」第六十首的結尾是描寫康熙時代的一些文化活動：

History translated into manchu. Set up board of translators
Verbiest, mathematics
Pereira professor of music, a treatise in chinese and manchu
Gerbillon and Bouvet, done in manchu
revised by emperor as to questions of style
A digest of Philosophy (manchu) and current
Reports on the mémoires des académies des sciences de Paris.
Quinine, a laboratory set up in the palace.
He ordered 'em to prepare a total anatomy, et
qu'ils veillèrent à la pureté du langage
et qu'on n'employât que des termes propres
(namely CH'ing ming)

這一段詩裏所指的一些活動，大多與翻譯有關。引文第一行所指的是康熙成立專司滿漢翻譯的組織，又把「通鑑綱目」譯成滿文。引文第三行裏提及 Pereira，是一位耶穌會教士，曾擔任譯員，協助清廷官員與帝俄談判尼布楚條約；同一行中「滿漢條約」即指尼布楚條約。第四行的 Gerbillon 和 Bouvet 也是耶穌會教士，曾將一些西方數學論著譯成漢文。第七行則指儒家經典的滿譯。最後兩行法文大意是指語言的革新和潔淨及正確名詞的運用。然後全詩以中文字「正名」結束。誠如鍾玲在「龐德的正名觀」一文所指出，龐德這裏所倡導的是語言上的革命；但「正名」原有的道德改革意味並不因為龐德的借用而喪失，而且語言（文學）的革命——正確的名詞的運用——也是社會改革的一個起步。換句話說，翻譯在龐德的眼中亦具有很濃厚的訓誨作用，是一種「正名」行為，一種可以間接影響社會和思想的實際行動。因此，我們可以說，龐德文學觀中的「載道」觀念與其翻譯觀的「訓誨主義」是互為表裏的。從這個觀點來看，龐德翻譯「詩經」的目的亦不言而喻。

5

龐德在一九一四年的「渦旋主義」(Vorticism)一文寫道：

在「自我的追尋」中，在追求「誠懇的自我表現」的過程中，你摸索與及找尋某些看來是真實的道理。你會說：「我」就是「這」、「那」、或「其他」，而往往在文字尚未說出時你便不再是那外在事物了。

我在名為「化身」(*Personae*)的詩集裏開始這個摸索，在每一首詩裏為「自我」戴上又同時拋下面具。在很長的一系列翻譯裏我繼續這個作法，而這些譯作也只是一些精細的面具。

對於龐德的不少譯作，這段話是最好的說明。古典的拉丁詩人，法國南部的民謠風詩作，中古的吟遊詩人，都只是龐德借用的面具，這些詩人在龐德筆下已成為他的化身。客觀地來說，龐德的譯作，目標在向英語世界介紹某一種技巧，或是有歷史價值的作品。另一方面，龐德的翻譯亦有其主觀目的：這些譯作往往與龐德的個人作品合而為一，與其說是翻譯，毋寧說龐德個人的化裝演出更為恰當。對於龐德(以及艾略特)，整個過去的文學傳統都是詩創作靈感與材料的來源。而龐德作品的範圍、效果及技巧，更因為這些翻譯得到擴大；許多時候，龐德也只是利用這些詩人來把自己的感受和意識更為精確地表現出來。

「詩經」的英譯剛好能够達致上述這兩個目標。首先，這部作品是龐德希望英語世界的讀者能够熟知的。儘管這部作品已有好幾種譯本，但這些譯本大抵都不符合龐德的要求。（李格的譯筆呆滯刻板，高本漢的譯本太過傾向語言學的研究，韋理的譯法在龐德看來是反儒家觀點）。其次，「詩經」共有三百多首詩，足够龐德去施展他的「化身」妙技，和實習他的一些技巧。事實上，整部翻譯在技巧上讀來有點像具體而微的「詩章」。

（一九七三）

龐德與儒家思想

龐德(Ezra Pound)對東方的興趣，大概可追溯至一九一二年。其時意象派諸子，如杜力圖女士(H. D.)和艾登頓(Richard Aldington)，都在模仿日本的俳句。一九一三年，美國漢學家范羅諾沙的遺孀將其先夫的一批稿件交龐德整理，這些稿件中包括范羅諾沙英譯的「中庸」草稿。這大概是龐德初次正式接觸儒家著作。

第一次世界大戰結束前，龐德開始研讀杜格拉斯中校(Major Clifford Douglas)提倡的經濟理論。杜格拉斯是一位極端派的經濟學者，其理論因過於偏激，備受時人攻擊，也始終沒有大規模實施的機會。杜格拉斯是所謂「社會信託」制度(Social Credit)的創始人。「社會信託」制度是相當複雜的一種經濟系統，本文的篇幅及重心都不容許仔細介紹，但大致上可以用下面兩點來概括：㈠中古時代的「均價」(Just Price)制度以現代方法重新施行。一九一九年間，杜格拉斯認為物價的不斷上昇和貨幣的長期貶值，非但有損民生，尋且打擊人類的精神文明，侵犯人性。㈡銀行與貸款公司禁示私人操縱，一律由國家經營。龐德個人一直堅信現代西方文明的墮落起源於高利貸（高利貸使到社會腐敗和變態商業化）；銀行私有更素爲龐德詬病。一九三七年所出版的「詩章十首」，卽曾大事攻擊歐洲的兩大銀行系統：意大利的巴斯齊銀行和英國的大英銀行。在龐德眼中，前者的控制自然資源，後者的操縱和「濫印」貨幣，都是殺無赦的大罪。

龐德在這段時期，顯然頗爲信服杜格拉斯的這套理論，這從龐德不少呼籲和鼓吹經濟及社會改革的論文可以看出來。其後龐德甚至認爲杜格拉斯的建議是解決當時經濟問題的不二法門。在這些雜文裏，龐德的基本論調仍是要研究一個澈底消滅高利貸（從大規模的私辦銀行到小型的商業貸款），實施均富的辦法。另一方面，龐德也明白經濟改革上政治及社會是息息相關的，革新經濟系統非得有一套新銳的社會倫理系統來配合。龐德自己就說過：「從腐化的倫理制度搞不出像樣的經濟」。

儒家思想就是在這個情形之下，拿來與經濟改革配合。但基督教素爲西方文化的一大支柱，龐德爲甚麼捨近求遠，要借用千里以外又不爲西方熟悉的孔孟之道呢？照詩人自己的看法，西方的基督教近世以來卽與銀行家及大商人狼狽爲奸，扶植和庇護「高利貸」。在中古時代，教庭爲擴充勢力，卽與新興的中產階級結合，在十三世紀末，成爲當時的國際性銀行系統的幕後主持人，但丁在創作「神曲」時，對教會的日益商業化和世俗化大爲不滿，認爲是褻瀆神職，就把一些神職人員打入「神曲」的地獄。龐德與艾略特都是但丁的崇拜者，對於基督教的這一面自然不會沒有認識。龐德對高利貸的深惡痛絕，在「詩章十首」裏的「詩章第四十五」及「詩章第五十一」

都很清楚。及至一九二〇年，在「小評論」第七期的「通訊」，更破口大罵：「中古基督教認爲高利貸是邪惡的。但在我們的時代，洛克菲勒與教會在同一個秣槽裏飲食……」。

一九三七年，龐德發表了一篇文章，名爲「我們迫切需要孔子」("Immediate Need of Confucius")。在這篇文章裏，他指責西方倫理道德「在上一世紀中葉已完全是汚染的」，又說：「西方的毛病已蔓延兩個世紀以上。西方的毛病從貨幣危機及訛騙上卽見其端倪。這是道德潰敗的癥象」。他同時也指陳現代基督教的腐化與無能：

> 起碼在局外人眼中，教會似乎已喪失其信仰，混亂和危機因而滋生……舉例來說，英國國教早已墮落爲高利貸的屛藩，而擔任聖職的那堆人員，都是屍居餘氣，旣缺道德勇氣，又乏智慧與修養。

旣然西方的精神支柱已「沈淪」到這個地步，龐德自然便要向他處討救兵，來向高利貸及精神癱瘓開戰：「天主教義，我們可以說，自一八五〇左右卽隨安東尼里（Antonelli）而敗落……但整個西方理想主義是個大叢林。基督教義也是個大叢林，要使思想穿越它，要把它整理出一個頭緒，『大學』是最適用的一柄利斧」。

一九三八年，龐德又發表一篇宣揚儒家思想的文章「孟子論」("Mang Tsze: The Ethics of

Mencius")。他在這篇文章裏說：

> 從孔子到孟子距離一個世紀，到聖安布魯士相距約六百年，到聖安東尼奧相差近一千年，但他們是同一基型的構成份子，同一棵大樹的枝椏。
>
> 在那些負責和關懷人民權利的皇帝身上，也可以看到古舊「基督教的美德」；……

這兩段話都是拿儒家思想和古老的基督教義相比，認爲兩者基本上是相同的，儒家思想中的一些手段方法或與西方的基督教會措施不同，但大家所追求的理想是一致的。龐德當然是從實用的眼光來作這個比擬，而不是從宗教的觀點出發。一九三九年詩人給一位文友的信上也有類似的說法：

> 孔孟之道並不能滿足歐洲的所有的真正信仰。但所有有效的基督教倫理都與之相符，事實上，就我所知，祇有孔孟之道才能領導我們穿越籠罩住基督教義的那個廢話連篇與歪曲真理的黑森林。孔孟之道尚未被介紹，至目前為止尚未有手冊的出現。

龐德遂以推介儒家思想爲己任，畢生從事儒家經典的譯介，也把儒家思想納入他的思想體系。在「詩章」的創作中，不斷向儒家思想汲取靈感。「詩章第十三」即以「大學」，「中庸」及「論語」的段落構成：「中國歷史詩章」則自「通鑑綱目」選出不少中國歷史上的治亂實例，來說明儒家思想與政治、社會及經濟秩序的關係；後期的「詩章」如「比薩詩章」和「鑿石詩章」等，儒家思想也是重要的題旨之一。

龐德對儒家思想，除長篇大論的推介外，尚不時加以濃縮，穿插到他其他的著作裏。在「傑佛遜或墨索里尼」（Jefferson And/or Mussolini，一九三五）一書裏，他曾把心目中認爲最重要的儒家信條勾勒出來。這個速簡的歸納雖然有點片面和簡陋，但我們可以由此窺見那些儒家信仰是龐德所重視的：

孔子的信條是這樣的：

若要求「治」先要從修身和「反省」做起。

若要「平天下」先求自己的國家的「大治」。

個人財富的增加並不等於整體的繁榮：「不患寡而患不均」。

財富的收斂集中並不是繁榮，自然資源應該充份給人民運用。

我們應該尊重智慧，要集思廣益，才能激勵和提高自己。

「新，日日新，一如嫩草」……

「仁者以財發身，不仁者以身發財」。

「詩章第四十五」以降的「詩章」都圍繞着以上這個綱要來選材和組織。龐德有時會引一個中文字、歷史人物的名字或一句譯文來點出（及代表）一個儒家觀點。西方的政治經濟毛病或成就，經常與這些觀念作相等的平行比較，或是反面的對比。西方的一些大政治家和思想家，也常常和中國傳說的聖皇或歷史上的仁君同時並列在詩行裏。下面我們舉一個實例來說明：

la pigrizia to know the ground and the dew
but to keep ém three weeks Chung
　　we doubt it 中
and in government not to lie down on it
　　the word is made
perfect 誠
better gift can no man make to a nation
　　than the sense of Kung fu Tseu

who was called Chung Ni
nor in historiography nor in making anthologies

這是「詩章第七十六」（「比薩詩章」之一）的一段，龐德在詩行裏插入兩個中文字，「中」字只有譯音（Chung），「誠」字則意譯（perfect）。本段引文最後三行是指孔子和他刪詩作春秋。「誠」字在這段詩裏有承先啓後的作用，一方面可以和「誠」字之前的詩行連貫，另一方面也與可最後四行相關。「誠」固然可視爲孔夫子的寫照，而因爲文義上的曖昧性，「誠」在引文裏亦可與第六七兩行發生關係，變成「一個人所能給他國家的最佳禮物莫過於『誠』」。同時，透過「誠」字，一些儒家觀念如「正心誠意」等也自然掩映其中。至於「中」字，在儒家經典裏可說是經常出現，「中庸」、「執中」、「中者天下之正道」等觀念也是中國人所熟悉的。如果說「誠」字在此地的運用比較傾向個人的修養，那麼「中」字顯然是指政府的施政方針，引文第四行就可譯成「爲政之道宜於執中」了。

龐德對儒家思想的傾慕，除開論文、繙譯及創作外，亦見於他的書信。由於本文側重介紹性，不少枝節問題都略去不談。總括的說，這位現代詩人對儒家思想的研究並不是出於好奇，而是思想問題的探討。在二十世紀中國逐漸式微的孔孟之道，意想不到地竟成爲一位國際大詩人的信仰。

（一九七三）

俳句、中國詩與龐德

在現代英美詩史上，最膾炙人口的短詩，大概要推龐德一九一三年四月發表的「巴黎地下鐵站上」**註一**。一九一四年，龐德在討論「渦旋主義」時，對這首小詩的創作過程，有細緻的描述。照他自己的追憶，寫這首詩的念頭起於一九一一年，當他「在 La Concorde 地下火車站下車，突然看到一張又一張的漂亮臉孔……」**註二**。那時他心裏湧起一股「可愛的」、「突發的情緒」。倉促間他甚至想不到適當的語言來表達這個感覺。同夜，他走路回家的時候，猝然想到一個表達的方式。但這個方式不是文字的，而是「小塊小塊的色彩」**註三**。初步的結果是一首三十行的詩。六個月後，另成一首祇有「一半長度」的作品。一年後，那股「突發的情緒」終於透過詩人稱爲「俳句式的詩行」表達出來**註四**：

The apparition　　of these faces　　in the crowd:
Petals　　on a wet, black　　bough.

人羣中這些臉孔的魅影：

濕黑枝頭的花瓣。

龐德並不諱言俳句對這首作品的影響，且引俳句一首來做例證註五：

The fallen blossom flies back to its branch:

A butterfly.

落花飛返枝頭：

一隻蝴蝶。

龐德認爲這類作品建築在「一個意象」之上，所採用的是一種「並置的形式」，也就是說，一個觀感覆疊於另一個之上」註六。

這首俳句是荒木田守武（一四七三——一五四九）的名作。龐德的引文顯係根據英人張伯倫的「日本詩歌」（一九一〇年出版）裏的譯文改作。張伯倫的翻譯是把三截十七字的俳句轉衍成兩行的英文註七：

Fallen flower returning to the branch;

Behold! It is a butterfly.

和龐德的引文比較，主要的變動有三點：（一）第一行末尾的標點龐德改爲支點。（二）第二行起首的驚嘆式字眼龐德的譯文略去。（三）代名詞也刪掉。這些刪修，使得龐德的譯文（由於龐德不諳日文，或許可稱爲「改寫」或「仿譯」）更爲簡潔和緊凑。但最重要的是，透過這些刪改，整首詩的運作，轉化成龐德熱中的「意象的並置」(juxtaposition of images)。在張伯倫的譯文裏，蝴蝶和落花之間的類似是用代名詞明白地指出，並有驚嘆式字眼以喚起注意。龐德的改作極力避免直接的說明，僅以支點來暗示兩個意象之間的類同。在一篇回憶性的文章裏，另一位意象派詩人約翰・費立察，認爲與荒木田守武的作品相較，龐德的地下鐵一詩是失敗的，因爲「某些漂亮臉孔……與一根濕黑枝椏上的花瓣之間的關係，並沒有明顯地指出」註八。這一說法，是根本不明瞭龐德在這個時期的詩觀；但也間接反映出費立察及其他幾位次要的意象派詩人何以一直停留在氣氛經營的階段上。

在「渦旋主義」的論文裏，龐德曾另擧一俳句式的例子，來向讀者加强說明：

The footsteps of the cat upon the snow:

(are like) plum-blossoms.

貓的足印在雪上：

（彷似）梅花。

龐德馬上指出：「原文是沒有『彷似』這類字眼的，但爲清楚起見，我把它們加進去」註九。「意象的並置」不能容納任何的聯繫，不管是比喻性的或代名詞的。這種技巧的目標正是要「切斷聯想之鎖」，讓意象的相互關係「交感式」地演出，而讀者必須主動地運用其想像力來探討兩者之間的關係。

在荒木田守武的俳句，蝴蝶與落花同爲自然世界中美麗的事物，而且這種美都稍縱卽逝；另一方面，蝴蝶與花瓣又都是輕飄脆弱的。在龐德的短詩，臉孔與落花相比以暗示其淒美，地下鐵的黯黑與人羣所造成的「魅影」式感覺又透過枝頭的「濕黑」反射出來。詩人自己的解說是這樣的：「這一類的詩作所意圖捕捉的，是當一件外在、客觀的事物，轉化或突入成一件內在、主觀的事物的那一刹那」註十。如果這首詩的第一行可被目爲客觀印象，第二行就是用一個客觀的意象來表達詩人主觀的感覺；但這種感覺是用具體的意象來暗示，並沒有運用任何抽象的字眼。在一九一〇年的「歐洲文學的精神」，龐德早就指出：「詩是一種飛揚的數學，它給我們的，不是圓形、三角形、或其他抽象形狀的等式(equations)，而是人類情感的等式」註十一。這首短詩的第二行正是這項等式中最具體的一部份。

一般說來，在詩的翻譯過程中，最容易保留的往往是意象。韻律和一些文字技巧(如雙關語)雖可勉强迻譯，但通常和原文距離甚遠。由於不諳日語，且對日本詩瞭解不深（他的主要興趣仍在中國），龐德閱讀及改譯俳句時，興趣僅只停留在「意象的並置」的技巧上，對於俳句的其他技法及條規顯然沒有進一步的瞭解。「意象的並置」並不是俳句的主要技巧，但好些俳句名作的「興趣」皆賴此而來，例如松尾芭蕉這一首傑作**註十二**：

枯枝に
烏のとまりたるや
秋の暮

枯萎的枝椏
烏鴉停駐在上面——
秋天的黄昏。

秋天的蕭瑟通過「枯枝」傳達出來。暮色的黯黑則與烏鴉的黑羽互相呼應。同時，詩人自身的落寞與心境的寧靜，隱然浮遊於意象之後。重要的是，這些可能的感受都沒有用抽象的形容詞來明白指出，而儘量留交讀者自己去體會。

在一九一四年，意象派詩人聯合出刊第一部「意象派選集」(*Des Imagistes: An Anthology*)。龐德的作品共有六首，其中四首都是取材自中國古典詩的「改作」。「仿屈原」("After Ch'u Yuan")的靈感來源顯係「九歌」中的「山鬼」；「劉徹」("Liu Ch'e")是改寫漢武帝的「落葉哀蟬曲」；「秋扇怨」("Fan-Piece for Her Imperial Lord")重寫自班婕妤的「怨歌行」；最後一首"Ts'ai Chi'h"來源不明**註十三**。這個時候的龐德，並不通曉中文，亦未收到旅日的美國漢學家范羅諾沙(Ernest Fenollosa)的遺稿**註十四**。他的材料來源是英國漢學家翟爾思在一九〇一年出版的「中國文學史」(*A History of Chinese Literature*)。取材自「落葉哀蟬曲」的作品採用了「意象的並置」的技巧。下面把翟爾思的英譯(龐德的根據)與詩人的改寫比較，希望藉此闡明龐德與意象派的詩學**註十五**：

原文：

羅袂兮無聲
玉墀兮塵生
虛房冷而寂寞
落葉依于重扃

望彼美之女兮安得
感余心之未寧。

Giles:
The sound of rustling silk is stilled,
With dust the marble courtyard filled,
No footfalls echo on the floor,
Fallen leaves in heaps block up the door…
For she, my pride, my lovely one is lost
And I am left, in hopeless anguish tossed.
Pound:
The rustling of the silk is discontinued,
Dust drifts over the courtyard,
There is no sound of footfall, and the leaves
Scurry into heaps and lie still,
And she the rejoicer of the heart is beneath them:

A wet leaf that clings to the threshold.

龐德的譯文是自由詩體，翟爾思則採雙行韻。龐德在「渦旋主義」一文說過：「意象是絕不能和詞藻混在一起的。詞藻是華而不實的，用來在短時間內矇騙讀者」**註十六**。一九一三年的意象派宣言「幾條戒律」裏，龐德一再强調要「全力避免抽象性」**註十七**。他的改寫都能做到這兩點。翟爾思譯文結尾前一行運用兩個頗爲濃艷的（也是抽象的）稱謂，最後一行也是抽象的述說。龐德則自創一個具體的意象（最後一行），委婉地暗示那股哀傷。兩則譯文的最大分別是表現方法的不同。龐德改譯的最後兩行是「意象的並置」的巧妙運用，以一件具體事物來反射出詩中人情感狀態。翟爾思則平鋪直敍（state），近於「張口見喉」，並沒有讓意象「自身俱足」地(self-contained)去呈現(present)，只是用抽象的文字去解說一件過去的事情。龐德的改寫尙有餘地讓讀者自行玩味，翟爾思則將詩中經驗直接告知讀者，拒絕他們的參與。事實上，在意象派及渦旋主義兩篇宣言裏，龐德反覆强調的，不過是要事物及經驗主動地演出於讀者的想像世界，而不是被動地透過作者的說明去進入詩中的世界。一首詩可以歸納成寥寥數語的抽象主題，但這個主題必須通過意象化（甚或戲劇化）方能成詩。二十世紀初意象派諸子成名之前，英美詩壇傳誦一時的詩人，不是耽於詞藻，就是偏好抽象性的陳述及說明，甚至喊口號；這些都是龐德極力反對的**註十八**，所以才開出「詩必須以意象爲主」的藥方**註十九**。

在渦旋主義的宣言裏，龐德曾說：「Ibycus 與劉徹都是呈現意象的」。換言之，這個時候的龐德也注意到中國詩是富於意象的。但他在討論「意象的並置」的技巧時，完全囿限於日本俳句，甚至自稱其地下鐵一詩是「俳句式的」。龐德所不知道的是，事實上這種技巧亦存在於中國古典詩。他在稱頌俳句時說：「自有拙劣的創作以來，作家都以意象爲裝飾品。意象主義的目標卽是絕不以意象爲裝飾品。意象本身卽是詩的語言。……由此而生的美（日本人）一向都很瞭解」註二十。儘管龐德旋卽贊美中國詩的「濃縮」，他在這個時候認爲「意象的並置」是日本俳句的獨特表現方法。因此，當他改寫「落葉哀蟬曲」而採用這個技巧，他是以爲把俳句式的方法用在中國詩上。詩人葉維廉在「中國現代詩的語言問題」一文，曾舉李白「浮雲遊子意」一句以說明這種「意象並置」而不加插連繫性字眼的手法：「（這一句）在造句法上應該解作『浮雲是遊子意』（也就是『遊子意是浮雲』）還是『浮雲就像遊子意』（也就是『遊子意就像浮雲』）？答案是：它既可作這樣解，又同時不可作這樣解。我們都會看到遊子漂遊的生活（及由此而生的情緒狀態）和浮雲的相似之處。但在造句法上並沒有把這相似之處指出，沒有指出和沒有解釋的趣味，一經挿入『是』、『就像』等連接詞的話，便會被完全破壞」註二一。這一段討論，只要略加改動，就可以移用到龐德地下鐵一詩。葉氏這個看法，傳統的詩話裏也有類似的記載。釋惠洪在「冷齋夜話」卽曾指出：「唐僧多佳句，其琢句法比物以意，而不指言一物，謂之象外句。如無可上人詩：『聽雨寒更盡，開門落葉深。』是落葉比雨聲也。又曰：『微陽下喬木，遠燒入秋山。』是微陽比遠燒也」註二三。這一種結構其實也就是剔除連接性或比喻性字眼後的「意象並置」，其值得玩味的地方也是兩個意象之間不加說明的「類同性」(analogy)。但在一九一三年收到范羅諾沙遺稿之前，龐德對中國的認識，受囿於翟爾思的十九世紀的「中國文學史」，無法作出正確的評估；在其例證及解說中，對中國詩也僅能點到即止，並誤以爲「意象的並置」是俳句所獨有。但無論如何，他能根據張伯倫的簡單譯介，而有此突破性的發現，已屬難能可貴。

龐德在意象主義及渦旋主義兩篇宣言展現的詩觀，並不是憑空突發，而是他五六年來逐步摸索的結果。早在一九〇八年，他寫給威廉．卡洛斯．威廉斯的一封信上，就有這樣的說法：「對我來說，戲劇中稱得上是詩的，只有那些簡短的所謂戲劇性抒情詩的作品——也就是我在寫的那種東西，其餘的（對我而言只是散文）便留交讀者的想像力，或以短註作暗示或交代」。他隨即又說，劇中人物能夠吸引他的，通常是在「頓悟、自剖、或放歌的一刻」註二三。由是可見，龐德對「暗示性」的追求，實在起源甚早。「意象並置」的效果之一，即是使讀者在自行體會詩中經驗時，玩味到意象間的「類同性」，而對事物有一突然的、嶄新的、近乎頓悟的瞭解。龐德在一九一三年的宣言對「意象」的定義是：「在一刹那間呈現出知性的與感性的複合體」。這個說法實可遠溯至一九〇八年的這封信。「一刹那」及「複合體」這些字眼無不與書信中强調的抒情性、頓悟性、片刻性互相脗合。同信中又說要「描繪事物如在目前」，並要「擺脫訓誨主義」。這兩點與意象派宣言的首二條戒律也似乎有點血緣註二四：

①不管「事物」是主觀的或客觀的，都要直接描繪。

②凡與詩表現無關的文字，絕對不能出現。

儘管龐德早就洞察到問題的存在，並已有實在的建議去解決，他自己的詩作事實上與他的理論尚有一段距離。一九〇九年他出版「化身集」(*Personae*，一九二六年刊行的同名詩集是增訂本，包括「震旦集」及其他譯作)，詩風仍然未能擺脫維多利亞王朝英詩的影響。當時的評者愛德華•湯馬士頗爲銳利，指出其用字好古，拼字喜用古法，某些段落頗爲白郎寧註二五。換言之，一九〇八年的龐德在理論上要比他的同輩詩人來得先進，但他的詩還不能說是理論的實踐。早在艾略特提出「客觀投影」(objective correlative)之前，龐德在一九一〇年的「歐洲文學精神」就說過：「詩是一種飛揚的數學，它給我們的……是人類情感的等式」。不少論者皆以爲艾略特的說法，或多或少都受到龐德這個看法的影響。在意象派宣言中所說的「要努力避免抽象性」，及「不要亂發議論——這應該留交那些所謂哲理性文章的作者去做」註二六，事實上與一九〇八年信上提及的要「擺脫訓誨主義」大略相同。自一九〇八——一〇年間的龐德，雖有理論上的突破，但不少意見及見解尚未能滙結在一起，其語氣用字也缺乏後期文章中的肯定性。在一九一一年底，開始在「新時代」雜誌發表總題"I Gather the Limbs of Osiris"的一系列文章時，龐德的看法開始系統化，成爲一套獨特的理論。

這一系列文章的第二篇叫做「學問的新方法」。龐德是這樣解說他的方法：「我想我要討論的這個方法並不是我發現的。這個方法只是尚未普遍運用，尚未清楚地或特意地歸結出來罷了……這個方法叫做『鮮明的細節』(Luminous Detail)；過去的方法是情感與一般性的描述，時下流行的方法是大量堆砌細節。我這個方法是專門與它們作對的」註二七。這個方法其實就是挑選一個或數個鮮明而突出的意象，删去枝節的意象，集中全力處理主要意象。至於龐德所攻擊的，顯然是十九世紀末詩作的情感泛濫，以及詞藻的堆砌。愛德華・湯馬士雖然對龐德偏好古風的用字遣詞不滿，但卻贊揚龐德「能够避免時下流行的無病呻吟及悲觀厭世；而對大自然的感受也沒有流入過度的描寫和裝飾性的比喻」註二八。由此看來，一九〇九年的龐德，除開用字的問題，基本上已能廻避不少同輩詩人的毛病。同一篇文章裏，龐德又指出，任何事物或事實都可以是「重要的」或「徵象的」，但有一些却能「使得我們對環繞這些事實的情境，或是原因與影響……有突然的透視」。這篇文章先於意象派宣言好幾個月，但事實上包含了意象派的基本信條。其後龐德又說，這個方法是「呈現」而不是「陳述」；所謂「呈現」是這樣的：「藝術家尋覓出鮮明的細節，在作品中呈現出來，但不作任何說明」註二九。「不作說明」就是「暗示性」，但龐德所要求的「暗示性」，並不是象徵主義式的氣氛朦朧的那種，而是要意象鮮明的。

一九一二年初，龐德發表一篇題爲「一個前瞻」的文章，對於現代詩的趨勢有如下的看法

註三〇：

> 二十世紀的詩，以及未來十年間我希望會出現的詩，將會排斥表面性的修飾，將會更為「堅硬」和「爽朗」，也就是 Hewlett 先生所說的「逼近骨骼」(nearer the bone)。這種詩將會盡量接近花岡岩的硬度……我們將看到越來越少的彩描式的形容詞……。起碼對我來說，我要使得這種詩極為嚴竣、直接、完全沒有情感的濫用。

排斥形容詞和嚴防情感泛濫的說法，同時期在「新時代」發表的文章裏已有討論，這裏只是重彈老調。但值得注意的是文中那些雕塑性的字眼，如「堅硬」之類。這種以物體的硬度來比喻於文字的作法，如與「鮮明的細節」配合來看，顯示龐德所强調與追求的其實是意象的「具體性」(concreteness)。一九一二年二月，龐德發表 "Osiris" 這一系列文章的最後一篇，文中一些看法重複「一個前瞻」的論點，例如要求詩作「更爲逼近物體」，以「物之美」替代及排除修詞。但這一回又比「一個前瞻」要更進一步，更爲實際地指出可以試驗的手法。他首先要求詩的語言簡潔化及直接化；但這和日常口語的簡潔和直接有所不同。這種「不同」並不是來自「華美的形容

詞或繁複的誇大性修飾」，而是來自「詩的結構的藝術……使得讀者感覺他所接觸的，要比平常遇到的有更爲精緻的安排」註三一。「意象的並置」也就是一種特殊的結構、「精緻的安排」。當然，結構還可以包括其他手法，例如龐德在後期作品「詩章」中大量使用的「羅列法」(parataxis)。這篇文章並沒有明言龐德所希冀的結構的形式。很可能龐德自己尚在摸索中，還未能提供決定性的答案（或例子），而只能指出一個大方向。及至一九一三年，可以肯定地說，他在這裏所說的「結構」，顯然是以「意象的並置」爲首。

在「歐洲文學精神」，龐德大力表揚但丁，認爲他的意象「準確」；並舉葉慈來對比，認爲葉慈所經營的只是「朦朧的」、「氛圍的」美。當然龐德所指的是象徵主義時期的葉慈。換句話說，龐德並不以爲當時文名頗著的葉慈是值得效法的對象（至於葉慈受龐德影響而逐步改變詩風又是後話）註三二。反之，龐德以爲但丁的「準確」，中古法國南部吟遊詩人 Arnaut Daniel 詩中意象的「堅硬」和「透明」(clear) 才是應該倣效的。及至一九一三年，龐德發表一篇題爲 "Status Rerum" 的文章註三三，明確地支持他的朋友小說家福特 (Ford Madox Ford，其時尚稱 Ford Madox Hueffer) 反象徵主義的立場。文章劈頭就說，「在今日的倫敦」，他寧與小說家的福特談詩，而不願意與其他的詩人談論。至於福特對藝術的看法，「則剛好是葉慈先生的反面。葉慈先生是主觀的；相信文字的瑰麗及聯想性……他與法國象徵派詩人共通之處甚多」。但福特「則相信事物的準確呈現。他是要排除一切聯想以求取準確的意義」。這個態度與後來在渦旋主義一文聲稱意象主義與象徵主義無關是一致的。象徵主義者也重視鮮明的意象，但這些意象祇是材料，讓詩人的主觀經驗進行加工，透過它們表達抽象的形上意義。對象徵派而言，自然事物必須賦以主觀的意義（卽有所象徵）方能入詩。但對龐德來說，事物本身的意義卽已足够註三四，「意象本身卽是詩的語言」註三五。客觀呈現是龐德最關心的。「意象的並置」卽放棄意象之間主觀性的聯繫；具體的意象是以文字來對等於實際的事物，但除此之外，並不包含主觀的抽象意義。也就是說，一朶白花祇是一朶白花，並不成爲任何形上意義的代表。

龐德在一九一三年又曾撰文評述史坦達爾及福樓拜所代表的「散文傳統」。文中曾對「客觀呈現」再作說明。照他的看法，這兩位小說家所代表的「散文傳統」之偉大，全在其「透明的呈現」：「只有事實的展露而沒有任何說明；並不表達個人對某一部份的眞實的偏好」註三六。客觀呈現是準確地選出具體的意象，不加主觀色彩的渲染，去表達外在的事物或場景。但個人內在情感又如何客觀地去呈現呢？龐德的答案仍然是以準確而具體的意象來作折射，而不是主觀地以抽象而一般性的形容詞來說明。一九一四年間，另一位意象派詩人李察・艾登頓也提供過類似的答案：「我們表達情感的方法，是不加說明地呈現出情感流露時的對象及情境。舉例來說，我們絕不會說『我多麼愛慕那位美麗、綽約——然後是二十五個形容詞——的婦人……』我們只會創造一個『意象』來呈現她，我們讓景物來表達情感」註三七。龐德重寫「落葉哀蟬曲」時，也就是運用這個手法，最後一行就是詩人自創的意象。概括地說，自一九〇八年起，龐德努力追求之鵠的，不外是「具體性」和「暗示性」。前者要增强運用鮮明、準確的意象，及去除抽象語與詞藻；後者則要排斥說明文字，盡量讓事物及經驗自行演出，讓詩中「訊息」透過意象自行傳達。不作語意聯繫的「意象並置」的技巧，剛好能配合這兩個目標。

一九一八年四月，龐德在「今日」月刊，分兩期發表一篇題爲「中國詩」的短論，文中例子取自一九一五年出版的「震旦集」。文章開頭時說他翻譯中國詩，是因爲中國古典詩富於「鮮明的呈現」(vivid presentation)，而「中國詩人在表達完題材後，不會作道德訓誨及其他的說明」**註三八**。在評論李白的「玉階怨」時，他認爲這首短詩頗富「暗示性」。評述李白「古風」第六首（「岱馬不思越，越禽不戀燕」）時，認爲該詩的好處是「直接」、「沒有濫用華美的形容詞」、「沒有『傷他悶透』」（"no sentimentalizing"）。龐德此處所標舉的這些好處，都是他在一九〇八——一四年間一再大力呼籲和提倡的；我們在前面亦已論及，這裏就不再重複。大略來說，龐德的譯介中國詩，固然是認爲可資借鏡之處甚多，但另一方面則是要藉此宣揚他自己的詩觀，「借重外力」以攻擊他心目中的「時弊」。

一九一九年九月，英國的「小評論」(*Little Review*) 開始連載范羅諾沙的論文「中國文字與詩的創作」。在一九一三年底，范羅諾沙的遺孀即將遺稿交龐德整理**註三九**。這篇文章經龐德編校後，始終找不到雜誌刊登，因此拖到一九一九年才問世。范羅諾沙這篇論文指出中文是最適合寫詩的文字，主要論點如下：（一）中國文字大多是象形結構，最接近自然。（二）象形字一且連貫起來便成爲一列活動的圖畫。(三) 中文的動詞沒有主動被動之分，而以主動爲主。(四) 中文的造字法是集合具體事物以構成知性觀念。范羅諾沙的一些論點，對國人來說，可能不值一顧，但我們的目的並不是駁斥其誤解，而是要探討這些論點如何協助龐德建立及宣揚他的詩觀。

范羅諾沙認爲：「不少原始的中國文字，即使所謂部首，都是動作或行動過程的速寫圖畫。例如『言』字是一張嘴巴加上兩個字和一股直噴的火焰。……但大自然及中國文字所擁有的這種具體的動詞性質 (concrete *verb* quality)，自這些簡單而創造性的圖畫轉向覆合字時，變得更令人訝異和詩化。……一個眞正的名詞，一件孤立的事物，並不存在於自然裏。……自然裏也沒有純粹的動詞或抽象的動作。眼睛所看到的名詞和動詞只是事物的動作，或動作在事物中，因此中國文字的構造正傾向於表現這個特色」。跟着，這位漢學家又擧數例以作說明：「太陽低伏在草木的莖長之下便是『春』。太陽的符號纏繞於樹木的枝椏便是『東』。『田』加上『力』【耕耘】便是『男』」註四〇。因此，照范羅諾沙的說法，中國文字是「逼眞而立體的，因爲『事物』和『動作』並沒有正式分開」。他更認爲讀者在閱讀這些文字時，直接與自然本身及其活動接觸。而西方的拼音文字，只是一種約定俗成，與自然事物並無直接關聯；因此，具體事物與抽象陳述的距離並不很遠，只是字母的排列組合，且其本質傾向於抽象。例如 sun 和 see 兩字一指「太陽」一解「看見」，但都是人爲的定義，如果硬性規定或在造字時就顚倒以用，那麽交換使用亦無不可。中文的日字則比 sun 要富具體性和視覺性。但日字不能和看字顚倒使用，與約定俗成無關，因爲兩個字各有實際的代表形象；「看」是手放在眼睛之上的圖象。

龐德在意象派宣言嘗謂「意象」是指「在一刹那間呈現知性與感性的複合體」。中國文字的象形結構，隱然適合龐德這個定義。由於象形，中國文字可以認同於本來代表的物體或動作，因此是感性的。它同時也是知性的，因爲文字本身有其意義，而在書寫的過程中又經過轉化，並不是直接模擬自然（那就是圖畫）。換言之，知性的意義和感性的圖象同時結合在中國文字裏。范羅諾沙的結論之一，卽是中國文字適合詩的創作，因爲以中文寫成的詩，「一方面具有圖畫的逼眞，同時又有聲音的活動。從某種意義觀之，它是比圖畫來得更客觀、更戲劇化。在閱讀中文時，我們得到的，不單是精神活動，而是在觀看事物演出其命運」**註四一**。范羅諾沙的毛病極爲明顯。首先，中國文字並不全是象形結構。其次，一般中國人在平常閱讀時所注意到的，仍是文字的知性意義，而不是原始的圖象。但撇開錯誤不提，范羅諾沙的研究所得，好些地方與龐德的詩觀前後呼應——例如龐德的要求「直接描繪事物」、「摒棄抽象」、「自然物體本身卽足以入詩」（指不必經過主觀象徵化）、以及具體圖象的並置（如「春」字）等皆是。

龐德在一九三四年出版的「文學入門」一書，曾經胡謅一個例子來說明抽象與具體在方法上的分別**註四二**：

> 相對於抽象的方法，也就是以越來越熟悉和一般性的詞語來說明事物，范羅諾沙強調的

> 是科學的方法，也就是詩的方法，以別於「哲學性的討論」，而這就是中國人的文字（或是簡單的圖畫字）的作法。……
>
> 他【中國人】要界說「紅」【赤】這個觀念。……
>
> 他【或是他的祖先】便把下面這些事物的速寫圖畫拼列在一起：
>
> **玫瑰　櫻花**
>
> **鐵樹　火鶴**
>
> 我們可以看到，這正是一位生物學家所會做的（其方法更為複雜就是了）：把幾百甚至幾千的切片集中，挑出最為適切於他的論斷。

龐德所說的科學方法及其生物學家的例子，就是歸納具體事物，加以排比，從而得出抽象結論。這當然與從抽象出發而終於抽象的所謂「哲學性討論」不同。龐德的例子在中文裏雖屬子虛烏有，但亦足以說明這個論點。這種方法其實也就是「意象並置」的手法。中國文字的結構，依范羅諾沙和龐德的了解，都是具體的。而任何抽象觀念，都透過具體圖象的並列來表達的；例如「日」加上「月」而得光明的「明」。因此，太陽和月亮兩個圖象的並列，既是具體的，也是知性的，而在兩個構成份子之間也無直接的聯繫。

中國文字的結構雖然也是一種「意象的並置」，但和俳句的略有不同，因爲後者强調意象間的「類同性」，中國文字中圖象的並列雖也有基於「類同性」（例如太陽和月亮同爲發光體，合列而爲「明」），但大多只係表達實際的圖象或動作，而不見得就有性質上的相似。龐德在「文學入門」中胡謅的例子仍然建築在「類同」之上，因爲他所舉的四樣東西都是紅色的。在龐德寫作「詩章」時，「意象並置」的手法仍不時運用，且其用法比早年更爲複雜繁富，但基本上仍以意象之間的「類同性」爲組合的條件。不少讀者在研讀「詩章」時，常以典故太多掩卷而去，但如能把握「意象並置」是建築在「類同性」的原則，碰到一段詩有好幾個典故的時候，只要能明瞭一個典故的含義，其他典故的指涉也就可以大略引伸出來。在「詩章」裏，龐德所並置的意象往往不再是自然事物，而是歷史的事實或文學的典故，但「並置」的手法並無改變。例如下面這個例子註四三：

Mirabile brevitate corresit, says Landulph
    of Justinian's Code
and built Sta Sophis, Sapientiae Dei
    正名
As from Verrus Flaccus to Festus (S. P.)

引文第二行提到的 Justinian 是古羅馬的一位皇帝，以刪修羅馬法律使之系統化名於世，爲西方法律奠下基礎。引文最後一行的 Festus 是二世紀末期一位羅馬的文法學者，曾刪編 Verrus Flaccus 的拉丁文文法辭典（這是一本流行於古代的文法用書，至於龐德原文中 Verrius 漏掉一個 i，這在龐德，是時有發生的錯漏。）龐德把這些人物並列，並又插入中文「正名」，初看會有點費解。但細想之餘，似可從這些史實的並列歸納出這樣一個抽象結論：法律必先求清楚和正確，才能有社會和政治的安定。但在立法和把法律訂正之前，語言的用法如不一一肯定，那麼這套法律便會引起流弊和各種矛盾。立法和語言的澄清，在龐德看來，又都是一種「正名」的行爲。「正名」典出「論語」子路十三。當時衞出公要請孔子去協助政事。子路想知道孔子適衞後的行政措施，孔子說：「必也正名乎」。從歷史背景來看，衞出公在祖父死後，不把流放在外的父親迎接回國，而擅行登位，是違反宗法，僭稱名號。因此「正名」也是一種法律行爲，追求的也是社會秩序的安定。

在龐德寫作「詩章」的後期，並置的手法更擴展到中文的運用。「詩章」有時不再依賴一整行的英文來呈現一個意象，而以一個象形的中文字來取代，例如下面這一段詩註四四：

Linus, Cletus, Clement

whose prayers,
the great Scarab is bowed at the altar
the green light gleam in his shell
plowed in the sacred field and unwound the silk worms only
in tensile

顯

in the light of light is the virtu
"sunt lumina" said Erigena Scotus
as of Shun on Mt Taishan
and in the hall of the forebears
as from the beginning of wonders
the paraclete that was present in Yao, the precision
in Shun the compassionate
in Yu the guider of waters

凌納斯，克里提斯，克里門

發亮的「聖甲蟲」是古埃及人拜祭的豐饒及再生的代表，也是埃及信仰中太陽神的形狀之一；埃及人好將其形狀刻鐫在綠色玉石或其他金屬上，以作護符或陳設，所以詩中形容其亮光為「綠色的光」註四五。引文第五、六兩行，根據龐德較早的提示，是指中國古代求取豐饒的儀典，因此與埃及的拜祭「聖甲蟲」並列在一起。龐德的來源是「禮記」月令篇所載的：「孟春之月」，「天子乃以元日祈穀于上帝。乃擇元辰天子親載來耜……躬耕帝藉」。及「季春之月」，后妃要親自採桑，以示先天下。隨後即「分繭稱絲，效功以共郊廟之服」註四六。至於「聖甲蟲」刻在玉石，蠶絲織成絲綢，都會發出亮光，又是兩者之間的另一「類同性」。伊歷金納是九世紀間原籍愛爾蘭的宗教哲學家。其學說受「新柏拉圖學派」的影響，有泛神色彩，認為萬物之生，固然是上帝的創造，但其形式是以亮光逐步推展的。伊歷金納的哲學極富理性主義，並認為經義皆應有理性的解釋，因此頗受龐德的欣賞註四七。這段詩裏，龐德從埃及「聖甲蟲」的綠光，推展至中國「蠶絲」的光，又進一步類推及伊歷金納的哲學之光，是相當主觀的並列。這一段詩又並置以中文的「顯」字。據「說文解字」的解釋，「顯」者，「頭明飾也」。此外，顯字的古文作「㬎」，是「從日中視絲」的意思註四八。太陽和絲都能散發亮光，因此這個「顯」字直接和引詩的第三、四、六、七、八、十二等幾行發生連接關係。「顯」字又可用來形容堯、舜、禹等傳說中的聖皇（顯要；光芒萬丈的人物）。引詩第一行中的三位中古基督教聖者亦可歸入「顯」字的照射範圍。因此，這個「顯」字不單是一個並置性的意象，還是一個統一性的意象，協助整段詩的意象和典故作有機的溶合。

范羅諾沙的論文刊出時，副標題是「一篇詩學論文」，龐德的前言又指出這篇文章並不是討論語言學上的問題，而是「所有美學上的基礎問題的探討」。又說范羅諾沙在研究西方陌生的藝術時（指中國詩及中國文字等），已經「進入不少已然成熟在西方『現代』詩及繪畫的思想形態……近日的藝術運動已然肯定其理論」。此處所指的「運動」顯然就是意象主義和渦旋主義。范羅諾沙的一些論點（如具體性、事物的自然呈露、及並置的手法），正是龐德在這兩個「運動」中努力追求的。自一九〇八年前後至發表這篇論文的十多年間，龐德考察和摸索過的文學傳統，實可說是洋洋大觀；隨手寫來，即有希臘抒情詩、法國中古吟遊詩人、但丁、古英詩、俳句、中國詩、史坦達爾及福樓拜的「散文傳統」、羅馬拉丁詩人等。在探求的過程中，「具體性」和「暗示性」始終是他縈繞於心的，而這些繽紛各異的傳統對其詩觀皆有或多或少的貢獻；但在其畢生經營的史詩「詩章」裏，「意象的並置」是最重要的技巧之一（在後期的「詩章」裏尤爲彰顯），而這個手法是俳句、中國詩及中國文字所獨有的。

附記

龐德的詩觀固然曾向中國詩及中國文字借火，但意想不到的是，意象主義運動亦曾輾轉波及新文化啓蒙者之一的胡適。胡適一九一六年末的留學日記裏，剪錄一則「紐約時報書評」對「意象派」的評介。該文引錄一九一五年出版的「意象派詩選」*Some Imagist Poets* 序言裏的六條綱要，基本上仍和一九一三年間「幾條戒律」的說法相仿，其中第一條是「必須用日常說話的語言，但用字要準確，不能差不多或就用裝飾性的字眼」。胡適的總評語是「此派所主張與我所主張多相似之處」。（均見「胡適留學日記」，臺北商務印書館一九五九年重刊本，一九三九年上海亞東圖書館初版時名爲「藏暉室劄記」。）一九一七年一月胡適在「新青年」發表「文學改良芻議」，其中「不作無病之呻吟」、「務去爛詞套語」、「不避俗字俗語」幾條與龐德的一些看法極爲接近。但胡適受意象派的影響究有多大（甚或是否偶然巧合），實難下斷語。韓國學者方志彤對此事的部份來龍去脈作過考據，見 Achilles Fang, "From Imagism to Whitmanism in Recent Chinese Poetry: A Search for Poetics That Failed," in *Indiana University Conference on Oriental-Western Literary Relations*, eds. Horst Frenz and G. L. Anderson (Chapel Hill, 1955), pp. 177-189。周策縱在「五四運動史」(*The May Fourth Movement*, Camb., Mass., 1960) 第一章裏，則說胡適可能受到龐德「幾條戒律」一文影響，大概另有所本。因爲一九一五年的「意象派詩選」序言雖大體上沿承龐德的說法，但是由愛眉．洛烏爾 (Amy Lowell) 執筆。胡適後來發表一篇「談新詩」的文章，論及「具體與抽象」的問題，觀點也很接近龐德。胡適認爲「做新詩的方法根本上就是做一切詩的方法」，「詩須用具體的做法，不可用抽象的說法。凡是好詩，都是具體的；越偏向具體的越有詩意詩味。凡是好詩，都能使我們腦子裏發生一種——或許多種——明顯逼真的影像。這便是詩的具體性」。胡適隨卽舉例說明，認爲李義山的「歷覽前賢國與家，成由勤儉敗由奢」，根本「不成詩……因爲他用的是幾個抽象的名詞，不能引起什麼明瞭濃麗的影像」。而對「綠垂風折筍，紅綻雨肥梅」等詩句及馬致遠的「天淨沙」則大表贊揚，「因爲他們都能引起鮮明撲人的影像」，是「具體的寫法」（見「胡適文存」第一卷，一九二一年初版）。最後，且讓我引 Harold Bloom 之 *The Anxiety of Influence* (New York, 1973) 序言裏的一段話爲全文作註：「詩史其實也就是影響史，因爲大詩人創造歷史時，往往是彼此誤讀誤解，從而爲自己開拓出想像的空間」。

（一九七五）

註一："In a Station of Metro" 最初發表於 *Poetry*, II. 1 (April 1913)，其詩行的空間排列與後來收入詩集的略有不同。

註二："Vorticism," *Gaudier-Brzeska, a Memoir* (New York, 1961), p. 86.

註三：同上，p. 87.

註四：同註一。

註五：同上，p. 88.

註六：同上，p. 89.

註七：見 Basil Hall Chamberlain, *Japanese Poetry* (London, 1910), p. 212。張伯倫另有一本更早的譯介，名爲 *Classical Poetry of the Japanese* (London, 1880)。這首詩原文如下：

落花枝に
かへると見れほ
胡蝶かな。

註 八：John G. Fletcher, "The Orient and Contemporary Poetry," in *The Asian Legacy and American Life*, ed. Arthur E. Christy (New York, 1945), p. 158.

註 九：同註二，p. 89.

註 十：同註二，p. 89.

註十一：*The Spirit of Romance* (New York, 1953), p. 14.

註十二：日文原文引自山本健吉編選的「松尾芭蕉」（東京：河出書房新社，一九七二），頁五一。引文仿照一般英譯分成三截。

註十三：原文見一九二六年出版的 *Personae* (New York, 1971), p. 108。關於這四首詩的取材問題，可以參看 Achilles Fang, "Fenollosa and Pound," *Harvard Journal of Asiatic Studies*, XX (1957), 236.

註十四：范羅諾沙的遺稿包括一卷中國古典詩的英譯（一九一五年龐德修訂出版，定名爲「震旦集」（*Cathay*），一卷「能樂」的英譯('*Noh' or Accomplishment*)，一篇題爲「中國文字與詩的創作」"The Chinese Written Character as a Medium for Poetry") 的論文。「震旦集」的問題可參看葉維廉的 *Ezra Pound's Cathay* (Princeton, 1969)。

註十五：中文原文引自「古文苑」。翟爾思的英譯見 *A History of Chinese Literature* (London, 1901), p. 100.

註十六：同註二，p. 83.

註十七：“A Few Don'ts,” *Poetry*, I (1913)。後易名爲 “A Retrospect”，收於 *Literary Essays of Ezra Pound*, ed. T.S. Eliot (New York, 1954)，但略有删修。現所據爲 *Ezra Pound*, ed. J.P. Sullivan (England, 1970) 一書內完整的重刊。這一句引文見該書 p. 42.

註十八：這個問題可參考 C. K. Stead, *The New Poetic* (London, 1964), chaps. 2 and 3.

註十九：同註二，p. 88.

註二十：同上。

註二一：「秩序的生長」（臺北：長榮，一九七一）。

註二二：引自朱任生編，「詩論分類纂要」（臺北：商務，一九七一），頁二四三。

註二三：*Letters*, pp. 3-4.

註二四：*Ezra Pound*, p. 41.

註二五：Edward Thomas, “Two Poets,” *English Review*, III (1909), in *Ezra Pound: the Critical Heritage*, ed. Eric Homberger (London and Boston, 1972), p. 50.

註二六：同註二四，pp. 42 and 43.

註二七：這一系列文章連載於 *New Age*, December 7, 1911-February 15, 1912. 現收於 *Selected Prose 1909-1965*, ed. William Cockson (New York, 1973). 本段引文見 p. 21.

註二八：同註二五，pp. 50-51.

註二九：同註二七，p. 23.

註三〇：“Prolegomena,” *Poetry Review*, I (1912); in *Literary Essays*, p. 12.

註三一：同註二七，p. 41.

註三二：龐德對葉慈的影響可參看 K.L. Goodwin, *The Influence of Ezra Pound* (New York and

London, 1966); and Richard Ellmann, *Eminent Domain; Yeats among Wilde, Joyce, Pound, Eliot, and Auden* (New York, 1967)。

註三三：*Poetry*, I (1913). 下面引文見頁一二五。

註三四：同註二四，p. 42.

註三五：同註二 p. 88.

註三六："The Approach to Paris," *New Age*, XIII (1913), 662.

註三七：Richard Aldington, "Modern Poetry and the Imagists," *Egoist*, I (1914), 202.

註三八："Chinese Poetry," *To-Day*, III (April-May, 1918), 54.

註三九：這個日期是根據龐德的自述，見 *Letters*, p. 27.

註四〇：這篇論文在一九一九年九月——十二月連載於「小評論」後，在一九二〇年收入龐德的「擴摋集」(*Instigations*)。其後在一九三六年分在紐約倫敦兩地以單行本問世，並增加五版中文附錄，包括一些中國文字的象形字源分析，及日人菅原道眞（八四五——九〇三）的一首漢詩（傳爲其十一歲時的作品）。現所據爲這個版本，pp. 9-10。近年三藩市「城市之光」出版社亦據這個版本影印發行一個平裝本。這篇論文據說有張蔭麟文言體的中譯。

註四一：同上，p. 9.

註四二：*ABC of Reading* (New Haven, 1934), pp. 20-22.

註四三：*The Cantos* (New York, 1965), Canto 97, p. 682.

註四四：同上， Canto 74, pp. 428-9.

註四五：*Encyclopedia of Religion and Ethics*, ed. James Hastings, Vol. 11 (New York, 1961), p. 225.

註四六：引自「禮記注疏及補正」（臺北：世界書局影印本）。

註四七：龐德對伊歷金納的認識與採用，可參看 Peter Makin, "Ezra Pound and Scotus Erigena," *Comparative Literature Studies*, X. 1 (March 1973), 60-83。在「詩章」第五十五首，龐德將伊歷金納與周敦頤並列對比。龐德對宋明理學也有一點認識。張君勱在客居美國的時候，曾以英文撰寫 *The Development of Neo-Confucian Thought*, 2 vols. (New York, 1957-62)。在此書第一册一九五七年出版之前，張氏曾在美國友人陪同下去探視龐德，並與龐德討論王陽明。其後張氏請龐德爲這本書寫序，但結果以龐德的序言不够「學術性」（大概是指龐德的行文風格），擯棄不用。

註四八：見丁福保，「說文解字詁林補遺」（上海一九三二年版，臺北商務印書館影印本作十二册），第六册。

愛眉・洛烏爾與日本古典詩

愛眉・洛烏爾（Amy Lowell）是第一次世界大戰前後紅極一時的美國女詩人。雖然晚近她聲譽低沉，連卷帙浩繁的「諾頓現代詩選」（*Norton Anthology of Modern Poetry*）都沒能擠進；但她在年青時，一度與龐德、艾略特等大詩人並駕齊驅，連「霸氣」十足的龐德有時也得讓她幾分。和龐德一樣，洛烏爾對中國和日本古典詩也有濃厚興趣。除模倣日本詩外，洛烏爾也曾與友人合譯中國古典詩，並以「松花箋」（*Fir-flower Tablets*）爲名結集出版**註一**。

洛烏爾系出新英格蘭世家。其兄 Percival Lowell 更是十九世紀末美東名人。一八八三年至一八九三年間，這位年長十九歲的大哥曾長期居留日本。整整十年間，他除了用日本信箋寫信給小妹妹，還不斷寄贈日本畫、木板畫和其他小巧的手工藝品**註二**。儘管洛烏爾一生從未涉足東方，但她這位大哥和兒時與日本文物的接觸，顯曾留下深刻印象。

洛烏爾十八歲開始寫詩，到一九一二年二十八歲時才出版第一本詩集。在這本題爲「彩璃殿」的集子裏，有兩首詩就以日本木刻爲描繪對象（"A Japanese Wood-Carving" and "A

"Colour Print by Shoker") 註三。另有兩首（「藍與金」、「綠碗」）雖與日本文物無直接關連，却預兆了她日後對色彩和細描外物的興趣。

洛烏爾尚忙於第一本詩集的出版時，好幾位美國詩人正在倫敦籌劃一場詩界大革命。一九一二年十一月出版的「詩刊」(*Poetry*)，載有李察·艾登頓(Richard Aldington)的三首詩，「詩刊」主編 Harriet Monroe 更以「意象主義者」("Imagiste") 來介紹艾登頓。一九一三年一月的「詩刊」發表了美國女詩人希爾達·杜力圖 (Hilda Doolittle) 的幾首詩。當時杜力圖除以其名字英文縮寫爲筆名，並自署爲「意象主義者」("H. D., Imagiste")。據洛烏爾後來的回憶，她當年看到這些詩作後，頓時覺得自己也是「意象主義者」。在一九一三年三月的「詩刊」，龐德發表了著名的「意象派宣言」。在同年夏天，洛烏爾乘船抵達倫敦，與同輩詩人龐德和費立察 (John Gould Fletcher) 會面。在洛烏爾下榻的旅館，費立察向她解釋處理現代生活的寫作手法。費立察認爲詩人只應「靜坐觀察事物，抽離地掌握物體，而不應將外物在想像上和自己聯繫在一起」。費立察所說的顯然正中下懷，道出洛烏爾在追尋的目標。費立察在晚年回憶中，就認爲洛烏爾「集中描寫外物的理論來自當年的談話」註四。

洛烏爾既和費立察、龐德等志同道合，便馬上成爲「意象派」一員。一九一四年二月在紐約出版的「意象派選集」(*Des Imagistes, an Anthology*) 也收有洛烏爾題爲「花園裏」("In the Ganden") 的一首詩註五。但奇怪的是，當意象派諸子普遍對日本俳句及和歌極感興趣，並作形式試驗時，洛烏爾並沒有因此而加强她對日本古典詩的探討註六。在加入意象派的頭兩年，她的嘗試都在敍事詩方面，並提出「交響散文」("Polyphonic Prose")的說法。在一九一四至一九一六年間，她的主要興趣和精力都用來「發掘自由詩尚未開發的可能性」註七。

在一九一五年，阿瑟・費克出版了「漫談日本木刻」一書（Arthur Davison Ficke, *Chats on Japanese Prints*）。洛烏爾在一九一六年四月看到這本書；她對日本木刻的興趣因此重燃起來。在她給費克的信，她自稱這本書促使她寫了「一系列短俳句形式的詩」註八。在一九一七年三月，十七首「日本風」("Japonisme")的短詩在「詩刊」發表。這一堆詩稍後又收進「意象派詩人選」裏(*Some Imagist Poets*)；其後在一九一九年出版的詩集「浮世繪」(*Pictures of the Floating World*)，又作爲「漆繪輯」之一部份出現。在這輯「俳句式」作品裏，有兩首明顯地是以日本木刻爲題材。其中一詩就叫做「北齋『富士百景』之一」：

口渴時，
我倒滿一杯水，
看啊！富士山浮在水上
彷如落葉！註九

Being thirsty,
I filled a cup with water,
And, behold! Fuji-yama lay upon the water
Like a dropped leaf!

另一着題爲「歸來」的，則沒有說明木刻出處。這首詩如下：

匆匆離船
好盡快減輕你的焦慮，
我看到，倒映在圓銅鏡裏，
婦人的臉和手
梳理着頭髮註十。

Coming up from my boat
In haste to lighten your anxiety,
I saw, reflected in the circular metal mirror,

The face and hands of a woman
Arranging her hair.

根據美國普林斯頓大學比較文學教授 Earl Miner 的研究，這首詩的意象來自十八世紀日本木刻師榮之的作品。因爲這類構圖（「婦人對鏡梳粧，面容由鏡子反映出來」）註十一，只能在榮之的作品裏找到。除這兩首詩外，洛烏爾這本詩集的名字也是譯自日文「浮世繪」。在佛家用語裏，「浮世」總帶着「色卽是空」的意義。日本浮世繪木刻的興旺，又與江戶商人階層的崛起有密切關連，因此題材方面傾向大衆口味，側重紅燈區的歌舞妓藝和「歌舞伎」劇場。但西方較爲熟悉的浮世繪師，則是將題材擴展至風景及其他範疇的北齋（一七六〇——一八四九）。一如榮之，北齋的作品多在「錦繪」（採用十種色彩以上的套色木刻）大盛時期完成。北齋色彩繽紛的木刻，不消說，和洛烏爾對意象和顏彩的興趣，極爲投合註十二。在洛烏爾之前，浮世繪的異國情調和鮮明色彩，對韋斯勒（Whistler）和法國印象派大師，也曾留下深刻印象註十三。然而，洛烏爾這兩首詩，只是意象上的借襲，談不上什麼形式實驗。

在詩集「浮世繪」裏的「漆繪輯」，另有一些是形式上模倣俳句的。洛烏爾在前言裏曾明白指出：「我的嘗試，僅限於俳句的簡短和暗示性」。有好幾首兩三行的短詩，在意象或情境經營上，讀來確像俳句。相信洛烏爾對俳句的認識，主要來自英人張伯倫一九一〇年出版的「日本詩」註十四。這本書也是意象派諸子相當熟悉的。張伯倫在書中曾報導傳說中芭蕉教其角寫俳句的故事，並譯出芭蕉的改訂：

Tō-garashi
Hane wo tsuketara
Aka-tombo

Pepper pod,
Wings added—
Red dragonfly.

辣椒，
加上翅膀
紅蜻蜓註十五。

「漆繪輯」裏有一首「秋靄」，在類同性（analogy）的經營上極爲接近：

Is it a dragonfly or a maple leaf
That settles softly down upon the water?

輕輕飄落水上的
是蜻蜓或是楓葉？註十六

在芭蕉詩裏，類同性是建築在形狀和顏色上。在洛烏爾詩，兩件外物的關連僅限於棕紅色。

另有一首「餘弦」也是很俳句式的：

蝴蝶棲息時
菖蒲竟也彎曲。註十七

Even the iris bends
When a butterfly lights upon it.

這首小詩和芭蕉一首名作在情境上非常相似：

初雪——
水仙葉
壓彎了。註十八

初雪や
水仙のはの
たはむまで

在「漆繪輯」裏，有一些詩既非意象襲取，也非形式試驗，而純是異國情調的小品。洛烏爾以她熟悉的日本工藝文物入詩，來營造她心目中「日本風味」。例如「又是新年」（"Again the New Year Festival"）裏的紅漆酒杯、風鈴、銅燈等。另一首「過竹籬」（"Passing the Bamboo Fences"）則採用西方人熟悉的東方自然意象：竹樹和桃花。還有幾首只以日本名字來喚起異國色彩。例如「吉原路上」（"Road to the Yoshiwara"）就提到江戶的綠燈戶；「文件」（"Document"）裏的北齋；「街」（"A Street"）裏的藝妓等。洛烏爾也以日本風俗入詩，例如用紙魚代表兒童：

紙鯉，
在長竹竿末，
嘴巴吸進風
尾巴吐出來。
人也是這樣，
永遠吞着風。註十九

The paper carp,
At the end of its long bamboo pole,
Takes the wind into its mouth
And emits it at its tail.
So is man,
Forever swallowing the wind.

表面看來，這首「日本情調」的詩，雖然平庸，却無大錯。但對熟悉意象派的讀者來說，這首詩却犯了忌；也證明洛烏爾對意象派及她自己倡議的理論原則，並沒有透澈認識和忠摯實踐。雖然「漆繪輯」的詩泰半不佳，有一些起碼還與意象派「純作外在呈現」的基本信條，若合符節。但這首詩的結尾傾向訓誨和說教，正是龐德多年來努力革除的維多利亞時期遺風。早在一九〇八年一封致威廉・加洛斯・威廉士的信上，龐德就曾說過：「描繪事物要如在目前」，並要「擺脫訓誨主義」**註二十**。在一九一三年的意象派宣言「幾條戒律」裏，龐德又提醒大家「要努力避免抽象性」，及「不要亂發議論——這應該留交那些所謂哲理性文章的作者去做」**註二一**。在發表宣言前幾個月，龐德又曾說過：「藝術只要挑出『鮮明的細節』，並將之呈現出來；說明是不必要的」**註二二**。這些意見都反對說教和議論；洛烏爾的作法，顯然是背道而馳。

在「渦旋主義」一文，龐德曾引用兩首俳句來分析他「巴黎地下鐵站上」一詩和詩中的並置性技巧(juxtaposition)。龐德所引的第二首俳句是這樣的：

貓的足印在雪上：
（彷似）梅花。

The footsteps of the cat upon the snow:
(are like) plum-blossoms.

龐德馬上指出：「原文是沒有『彷似』這類字眼的，但爲淸楚起見，我把它們加進去」。他又說：「所謂意象詩就是並置的形式」註二三，這樣看來，「意象的並置」排拒任何的連繫，不管是語意的或語法的（比喻或代名詞）。這種手法强調含蓄和暗示，要讓意象自行演出；而讀者必須主動地運用想像力來探討意象間的關係。就以這首俳句來看，「貓的足印」和「梅花」有形狀的類同。剔除「彷似」等字眼後，兩行可視爲各自獨立的意象；在想像中也可以實際共存。插入「彷似」後，不但增添說明性，且將意象平面化，合二爲一。

龐德討論友人 Gaudier-Brzeska 的前衞彫塑時，也曾具體說明這種建基於類同的並置效果：

> 遠山霧中松樹看來像日本盔甲的部份。
>
> 霧中松樹的美並不來自與盔甲的相似。
>
> 盔甲，如果是美的話，也不是因為類似霧中松樹而美。
>
> 在這兩個例子裏，美，形式上的美，是來自「互為關聯的層面」。
>
> 松樹和盔甲是美，因為它們不同的層面以某種形態互為交疊。

龐德的方法主要是兩個具體意象的互爲折射。但在實踐上，龐德對純粹視覺性並不完全滿足。即使在他意象派時期的作品，例如「巴黎地下鐵站上」，總有一點人的處境或感情，隱約浮遊在視覺意象之後。他自己也曾說過：「這類作品所試圖捕捉的，正是客觀外物轉變自己、或突入主觀內在的一刹那」註二四。

龐德的「意象並置」廣泛爲意象派詩人採用，但大多數都自限於純粹視覺性的交疊。洛烏爾的「漆繪輯」也有借用龐德這個手法。例如「池塘」一詩：

冷濕的葉子
漂浮在苔色水上，
蛙鳴嘓嘓——
暮色中嘶啞的鐘聲。註二五

Cold, wet leaves
Floating on moss-coloured water,
And the croaking of frogs—
Cracked bell-notes in the twilight.

詩裏的類同相當明顯。從意象派的要求來看，這首詩的現手法也算是成功的。在一九一五年四月，洛烏爾曾發表題爲「現代詩之新風貌」的演講。當時她指出：「新式的現代詩並不側重內在探討」；「外在性是主要潮流」。又認爲這種詩的特徵是：「強調以非詩的事物入詩」；「以散文句法寫詩」；和「努力避免說教」。她並指出，所謂「美麗的詞藻」、「多愁善感」、「感情濫調」等，都是「新詩」要排斥的註二六。但很可惜，後來洛烏爾自己在「說教」和「感情濫調」兩方面，都一再失足，造成理論與實踐不符。但一般說來，「池塘」一詩是符合她自己要求的。如果洛烏爾後來仍能緊守這些原則，相信她一些詩作也不會如此「不忍卒睹」。

然而，即使在早年的「漆繪輯」，洛烏爾都未能「言行一致」。例如「白夜」和「戰時」兩首詩，就未能剔除語言的連繫性；意象間關係是明白說出的：

夜裏蟋蟀的奏鳴
時斷時響，
就像星星的閃耀。

The chirping of crickets in the night
Is intermittent,

Like the twinkling of stars.

新漆的牆上，
紅蜻蜓的飛躍
就像沾血的箭
穿射着。**註二七**

Across the newly-plastered wall,
The darting of red dragonflies
Is like the shooting
Of blood-tipped arrows.

從龐德的觀點來看，「像」和「是」等字眼都是要剔除的。如果避開明顯的比喻，「白夜」不但會有同類的意象並置，還可以增添「通感」(synaesthesia) 效果，一如芭蕉這首詩：

閃電——

穿過黑暗，
蒼鷺的尖叫。註二八

いなづまや
闇の方行
五位の聲

黑夜裏的鳥叫和閃電同樣突然和驚愕。但同時，第一行的視覺意象又和第三行的聽覺意象交感呼應，互爲修飾。這種通感效果，在這首詩的脈絡裏，自然而不勉强，增强了小詩的濃度。閃電的白光與夜的黑暗，也構成鮮明對比。顏色對比向來是洛烏爾的特徵之一，「浮世繪」詩集尤其明顯。前引「戰時」一詩紅白對比，可以視爲例證。然而，在芭蕉俳句裏，對比並不單是色彩的，往往還涉及所謂大宇宙與小世界的比照。上面引用的俳句裏，鳥與夜的黑暗就構成大小之比。芭蕉著名的「秋鴉」俳句，也有天與鴉之比。同樣馳名的「古池青蛙」詩，也包含蛙與池之對比。在這些比照後面，可以感到某種形上餘弦、孤寂的情緒。然而，這一類對比，是洛烏爾短詩所缺乏的。

在「漆繪輯」裏，日本古典和歌是洛烏爾另一靈感來源。「廟儀」（"Temple Ceremony"）

一詩的副標題就是「採自遍昭的作品」。遍昭是九世紀的貴族，也是和歌作者，三十五歲時削髮爲僧。下面是洛烏爾根據的原詩：

天風啊
將雲中道路
吹攏起來
好讓少女的舞姿
多停留一會。註二九

あまつかぜ
雲のかよひぢ
吹きとぢよ
をとめのすがた
しばしとどめん

以下是洛烏爾的改寫：

輕輕地吹，
噢風！
不要讓雲掩蓋月亮
因為月光下，最美麗的舞者
正在擺動着。註三十

Blow softly,
O wind!
And let no clouds cover the moon
Which lights the posturing steps
Of the most beautiful of dancers.

在原文裏，少女其實是指天女。日本傳說中天上仙女只能出入無雲的天空，因此如果風吹雲聚，天女就只好在人間多作逗留。這首詩的神話背景，洛烏爾顯然並不清楚。不然的話，她就是故意要廻避特定的文化典故。無論如何，她的改寫在最後三行與原文有相當距離。如果沒有註解，原詩的情境只有本國讀者才能充份瞭解。然而，洛烏爾的改動，基本上保存了詩人祈留天女，想多看舞姿的心願。全詩相當直接和完整，並不需要詩以外的知識也可以充份把握。洛烏爾的改寫既是以創作姿態出現，這種改動也自有其必要。但在詩題上，洛烏爾却犯了毛病。她顯然知道遍昭的僧人身份，因此題目定作「廟儀」，發揮了一下想像力。但細想一下，九世紀佛門重地，少女妙舞清歌似乎又有點突兀不配。

「漆繪輯」另有一首「自中國」（"From China"），也是洛烏爾的改寫。但洛烏爾這回並沒有說明出處。這首思鄉的和歌，是日人安倍仲麿作品。安倍是八世紀詩人，大半生旅居唐代的中國。以下是洛烏爾的改作：

我想：——
照耀着我眼前重疊宮階的
月亮
也照耀着故鄉
一畝畝水田罷。
我的眼淚
落在足前

就像白米粒。註三一

I thought:
The moon
Shining upon the many steps of the palace before me,
Shines also upon the chequered rice-fields
Of my native land.
And my tears fell
Like white rice grains
At my feet.

以下是原文：

天上平原
眺望着——
在春日

三笠山之上
升起的，可是相同的月亮？註三二

あまの原
ふりさけみれば
かすがなる
みかさの山に
いでし月かも

原作顯然要比改寫高明。天上平原是「代語」，天空的另一種說法。春日是詩人故鄉，在當時首都奈良之外。但即使沒有這些細節，詩人在中國寫詩，也就足以確定全詩的內涵。

洛烏爾的仿作，完全拋棄兩個地名和代語。她這樣做和龐德的翻譯方法有點接近。龐德認為翻譯要側重「充滿動力的內涵」，「不可損毀的」或「翻譯中不會失去的」部份註三三。龐德又認為「地方色彩」也不容易翻譯註三四。這首和歌的兩個名字，對日本讀者來說，不單是有特殊地方色彩，且可引發聯想；其心理上的弦外音恐非註解所能充份表達。洛烏爾的改寫既雜在創作中出現，註解自然不便。但另一方面，洛烏爾也沒有保留日本名字來營造「異國情調」，而只是集中處理基本的、「不會損毀的」、「充滿動力的」遊子思鄉。這種情緒波動是所有讀者都能認同的。她在改作中添加「宮階」和「水田」等意象，使全詩較爲意象化。但最後兩行的處理，是一大敗筆，不單暴露出洛烏爾的欠缺自制，且顯示出其實踐與理論的衝突。這兩行（也是洛烏爾的創作）固然不是並置，其比喻也有點不倫不類，誇張得幾令人發笑。

拿洛烏爾這個自創的結尾，與龐德一個相同的嘗試比較，頓時高下分明：

The rustling of the silk is discontinued,
Dust drifts over the courtyard,
There is no sound of footfall, and the leaves
Scurry into heaps and lie still,
And she the rejoicer of the heart is beneath them:
A wet leaf that clings to the threshold. 註三五

龐德這首改作，是根據翟爾思「中國文學史」裏「落葉哀蟬曲」的英譯。中文原文如下：

羅袂兮無聲

玉墀兮塵生
虛房冷而寂寞
落葉依於重扃
望彼美之女兮安得
感余心之未寧。

翟爾思英譯最後兩行是這樣處理的："For she, my pride, my lovely one is lost/And I am left, in hopeless anguish tossed." 註三六翟爾思的譯文和龐德的相比，顯得抽象和平鋪直敍，是「說明」而不是「自身俱足」的「呈現」。當然，原文最後一行也是相當抽象和述說性的。龐德則將最後兩行改成不加連繫的「意象並置」，另行推出具體意象，委婉地反射詩中人情感狀態。正如葉維廉所說的：龐德「壓抑哀傷的直接傾訴，而採用意象來作强烈暗示」註三七。這種意象的並置和暗示，以及避免抽象和說明，正是洛烏爾的結尾所欠缺的。

在詩集「浮世繪」前言，洛烏爾表示「無意模仿日本詩的重要因素——音節的限制」，其嘗試「僅限於俳句的簡短和暗示」。但這個明智的抉擇在「浮世繪」出版後兩年打破了。她在「詩刊」上發表的「一個現代題材的二十四首俳句」("Twenty-Four Hokku on a Modern Theme")，就企圖保留俳句五—七—五的音節構造。卽從形式實驗的角度，也是一敗塗地；因此同時反映了形式直接移植的困難。拋開實驗角度，這些詩也顯示出洛烏爾創作能力的衰退。所謂「現代題材」是指：

愛情是遊戲？
我想愛情是沉溺：
黑柳與星星。註三八

Love is a game—yes?
I think it is a drowning:
Black willows and stars.

這個題材並沒有任何明顯的推展。雖然洛烏爾一度愛寫敍事詩，二十四首俳句並沒有構成一個故事，而只是不斷的變奏。這些詩雖仍有些沖淡的意象，但已明顯地傾向說明和說教。例如下面這首：

笑——不算什麼。

人家看你很快樂，

我愁眼觀看。

Laugh—it is nothing.

To others you may seem gay,

I watch with grieved eyes.

這種說明和說教，到了「結婚紀念」("The Anniversary") 一詩，竟成泛濫之勢。這首詩講現代婚姻的枯乾，也是遵照俳句五—七—五的音節規定。在這首詩，洛烏爾當年信誓旦旦要捍衞 ("to the nth degree") 的意象派信條，全都掉到九霄雲外。她一九一五年演講所指責的弊病，全可在這裏找到。有些段落「多愁善感」：

我沒有花朵，

然而我給你玫瑰。

幽默是僞裝。註三九

I have no flowers,
Yet I give you these roses.
Humour my pretense.

另一些段落讀來像是什麼「座右銘」.

青春是輕佻。
智慧令人緩落步,
珍惜每一刻。

這種詩如果塗去作者名字，大概沒有人會相信是出自意象派詩人筆下（而且還要算是比較知名的）。在這兩首詩之後，俳句音節體便沒有再出現。

在一九一七年，「漆繪輯」的一部份曾在那年的意象派選集出現。選集中另一位投稿者 D. H. 勞倫斯看到後，曾去信洛烏爾：「和你其他作品相比，我不太喜歡這些，我眞希望你沒有把它們挑進我們的選集。愛眉，如果你還愛護我們，就不要再搞日本風了……這一堆令我很失望，完全不是你嘛，和你一點不相干，也不眞實」**註四十**。勞倫斯的反應雖然激烈，但並不是沒有道理。不過，整個「漆繪輯」和後來的試驗相比，雖有不少瑣碎、僵硬、賣弄異國情調的作品，但還有少數幾首是客觀呈現、意象鮮明的，尚未至掩卷嘆息的地步。綜合來說，除了意象借襲、「日本情調」和改寫日詩外，洛烏爾從日本古典詩得來的，最主要是意象並置。而這個手法她輾轉得自龐德。同是向俳句借火，龐德的經驗，顯然有助他個人突破和意象派革命；但洛烏爾則未能進入問題的核心，沒有眞正的領略，徒然流於皮相的模倣。這樣看來，兩人的成敗與他們接觸的材料無關，而只能歸結於個人才具罷**註四**。

（一九七五；一九八二）

註一：本文僅處理日本古典詩對愛眉・洛烏爾的影響。她與中國古典詩和文字的關係，擬另文討論。

註二：愛眉・洛烏爾的生平資料，采自 S. Foster Damon, *Amy Lowell* (Boston and New York: Houghton Mifflin, 1935)。Percival Lowell 曾出版好幾本論介日本的英文書。一八八八年刊行的「遠東的靈魂」(*Souls of the Far East*) 曾促使美人 Lafcadio Hearn 赴日。Hearn 後以「小泉八雲」名於世（見 Damon, p.54）。

註三：*A Dome of Many-Coloured Glass* (Boston and New York: Houghton Mifflin, 1912), pp. 18 and 26.

註四：同註二，頁二一一。

註五：亦見洛烏爾的第二本詩集，*Sword Blades and Poppy Seeds* (New York: Macmillan, 1914).

註六：見 F.S. Flint, "The History of Imagism," *The Egoist*, II. 5 (1 May 1915), 70-71.

註七：Amy Lowell, *Men, Women and Ghosts* (New York: Macmillan, 1916), p. ix.

註八：一九一六年四月二十日致費克的信。同註二，頁三五四。

註九：*Pictures of the Floating World* (New York: Macmillan, 1919), p. 11.

註十：同上，頁十五。本文中譯詩作，都只是方便討論的意譯。

註一一：*The Japanese Tradition in British and American Literature* (Princeton: Princeton Univ. Press, 1958), pp. 163-164.

註一二：浮世繪簡史及代表作，可參看 Muneshige Narazaki, *The Japanese Print: Its Evolution and Essence* (Tokyo and Palo Alto: Kodansha, 1966)，和山根有三等，「風俗畫と浮世繪師」（東京：小學館，一九七二）。

註一三：Michael Sullivan, *The Meeting of Eastern and Western Art* (London: Thames, 1973), Chap. 6.

註一四：Basil Hall Chamberlain, *Japanese Poetry* (London: John Murray, 1910), pp. 186-187.

註一五：同上書，頁一八六——一八七。但這首詩的日文原文，却未能在小宮豐隆監修的「校本芭蕉全集」（東京：角川，一九六三）裏找到。

註一六：同註九，頁十六。

註一七：同註九，頁十六。

註一八：小宮豐隆監修，「校本芭蕉全集」（東京：角川，一九六二），第一卷，頁一一三。

註一九：同註九，頁十二。

註二十：*The Letters of Ezra Pound, 1907-1941*, ed. D. D. Paige (New York: Harcourt, Brace, 1950), p. 6.

註二一：*Poetry*, I. 6 (March 1913), 203.

註二二：*Selected Prose 1909-1965*, ed. William Cockson (New York: New Directions, 1973), p. 23.

註二三：*Gaudier-Brzeska, a Memoir* (New York: New Directions, 1961,) p. 89.

註二四：同上，頁一二〇——一二一；頁八十九。

註二五：同註九，頁九。

註二六：同註二，頁二九七——二九九。

註二七：同註九，頁十七。

註二八：「校本芭蕉全集」，第二卷，頁一〇一。

註二九：佐伯梅友校注，「古今和歌集」（東京：岩波，一九五八），頁二七七。

註三十：同註九，頁二十三——四。

註三一：同註九，頁八——九。

註三二：同註二十九，頁一八四。

註三三："How I Began," in *T.P.'s Weekly* (6 June 1913), 707.

註三四：*The Literary Essays of Ezra Pound*, ed. T.S. Eliot (New York: New Directions, 1954), p. 25.

註三五：*Personae* (New Directions, 1926), p. 108.

註三六：Herbert Giles, *History of Chinese Literature* (London: Heinemann, 1901), p. 100.

註三七：Wai-lim Yip, *Ezra Pound's Cathay* (Princeton: Princeton Univ. Press, 1969), pp. 64-65.

註三八：見 *What's 0' Clock* (Boston and New York: Houghton Mifflin, 1925), p. 41.

註三九：同上。

註四十：同註二，頁四〇五。

註四一：龐德與俳句的關係，參看「俳句、中國詩與龐德」。

文學因緣

——代跋

我對文學的興趣，是英國文學引起的。

還在小學的時候，因爲母親的早逝，被送到香港島南端一所英國人辦理的「寄宿」學校去唸書。或許出於對英式籐笞體罰的畏懼，一直都是所謂「品學兼優」的學生，順利直升中學部。中學的英文教員泰半是英國人。這些劍橋和牛津的畢業生既不擅於教文法，也沒有耐性。因此英語課程都不大講文法，主要是閱讀英國小說的簡明英語重寫本。我們做學生的也討厭文法，但對「金銀島」、「福爾摩斯魔犬奇案」之類的故事倒也興趣濃厚。

初中三年級的時候，有一位老師竟然教起刪節、註解的狄更斯原本。現在還記得當時唸的是「老古玩店」。開始時大家都叫苦連天，覺得詰屈聱牙，沒甚樂趣。但懾於英語課的重要，又不得不全力對付。後來還陸續唸了淺顯英語詳註講解的文學選本，有毛姆、沙奇等的短篇，一些比較簡單的英詩和現代戲劇。現在回想起來，這部選集的編者一定是「新批評」的信徒，因爲附在作品後的講解和習作，都着重內在的本文分析，和當時國文課本例必大談作者生平的編例，大相逕庭。我的英文老師除講解這些作品的文字外，也很着重分析，對小說人物塑造和前後呼應這類問題，都有詳細說明。我們做學生的，一想到考試，自然把講解奉爲絕對眞理，又記又背。有一個現在自己教書還會用上的名詞 foreshadowing，就是那時囫圇吞棗背下來的。

十多歲的少年，對這些作品的意義，當然不會有太深刻的體會。但這些異國作品展現的世界，加上老師生動的講解，使我對英語課程的努力，遠超過考試的實際要求。後來甚至在課外找一些詩選和小說選來研讀。有一個新學年開始，不知道從那裏聽來，說喬哀思是英國現代文學大師，小說語言如何「出神入化」，便和同學一起上城買了部企鵝版「都柏林人」回宿舍，不巧被英文老師看到，認爲我們「好高騖遠」，期期以爲不可，勸說了好久，還叫我們改唸些情節較爲豐富的作家。少年人當然不服氣，便埋頭字斟句酌。好像第一篇是唸「二浪漢」。接着是「伊芙連」。看完之後都不知道「偉大」的理由何在，只覺得很平淡，沒有什麼事情發生，但英文居然也看得懂。然而，我們買到的小說集是企鵝版「現代文學經典名著」系列。既然封面上已宣佈了是經典，自然不敢爭辯，只好各自去思想些好處出來。

大概是同一時候吧，又風聞艾略特是現代英詩大家，當然也要試一試。結果在假期裏唸了一首「空洞的人」，又在什麼評介裏，發現這首詩是「講現代人的苦悶」，便竟然有點「强說愁」的「未老先衰」起來，每日傍晚去學校的海灘游泳時，對着夕陽不免要努力「悲觀」一下。

有一回很偶然得到一些過期的「現代文學」，發現這些我看不出好處又奉若神明的作家，都有專輯翻譯和評介，自然不敢放過。卡夫卡的名字就是從一個特輯裏認識的。但去英文書店找企鵝版的卡夫卡英譯時，却只買到那時剛推出的「美國」（*Amerika*）。結果一般人都不大看的這部卡夫卡長篇，反倒成了我的卡夫卡入門。由於閱讀「現代文學」的特輯，也同時看到上面發表的中文作品。更從一則廣告上，知道武昌街明星咖啡屋前面周夢蝶書攤，代售各種前衞文學書刊。便大着膽子，寫了封信，附上港幣，請周先生幫忙購寄所有的「現代文學」。其後還陸續買了一些「創世紀」、「劇場」和不少詩集。這些到今天還珍藏的詩集，記得有葉維廉的「賦格」、洛夫「石室之死亡」、和羅門「第九日之底流」等。（不知道周先生可還記得我當年老遠從香港來郵購文學書刊的事？）

小說方面，那時印象最深的倒不是白先勇，而是王文興和陳映眞。王文興有一短篇極爲精簡，以一個年輕人自殺爲題材，捧讀再三之餘，頓覺「空洞的人」沒有白唸。讀到陳映眞「一綠色之候鳥」時，從他那抒情的節奏裏散發出的腐朽和衰頹，令我對都柏林的敗廢，開始有了較深的認識。

由於「現代文學」等的關係，對臺北的中文刊物都很注意。有一次在地攤上發現一套相當完整的「文學雜誌」，馬上傾囊購下。但這本刊物的創作和譯介都提不起我的興趣，倒是有一篇論文使我「目爲之明」，讀了五六次。這便是夏濟安先生評「落月」兼論現代小說特質一文。這篇論文不但啓發我對文學批評的興趣，也使欣賞能力突然提升。過了不久，便開始用中文試寫一些短論，投稿到香港「中國學生周報」的書評版。

臺北的文學刊物和創作，不但擴展我的視野和閱讀興趣，更引起我到臺北攻讀文學的念頭。於是下決心去學國語，後來更放棄出國唸英國文學的計劃，一心爲港澳僑生赴臺升學的聯考而作準備。想不到放榜後，竟然是分發到從沒聽過的政大（那時只覺校名有點「怪」），而不是有「文學雜誌」、「現代文學」等「優良傳統」的臺大外文系。（後來才知道那一屆臺大外文系的香港名額極少，僅够中文僑校保送用，等於未考就成定局。更諷刺的是，那一年保送到臺大外文系的，後來全沒唸完，都轉到他系去，大概也是一種 poetic justice 吧。）

當時失望之餘，打算留港一年，重新籌備出國的事。但對臺灣的中文書刊，興趣依舊濃厚。那時的書刊來源，除了周夢蝶先生，便是九龍的集成和友聯兩家書店。一個燠熱的下午，在友聯領取了「中國學生周報」的稿費後，就近到集成去看書，很意外地發現一本叫做「第三季」的散文集，作者翱翱是一位年輕的香港僑生，書背上還介紹了他和「星座詩社」的活動，一個以政大爲主的文學團體。就這樣，我決定還是接受分發，到臺北來。

二十年來，對這個賭博性的決定，從沒有後悔過。

（一九八六）

滄海叢刊已刊行書目(五)

書名	作者	類別
中西文學關係研究	王潤華	文學
文開隨筆	糜文開	文學
知識之劍	陳鼎環	文學
野草詞	韋瀚章	文學
李韶歌詞集	李韶	文學
石頭的研究	戴天	文學
留不住的航渡	葉維廉	文學
三十年詩	葉維廉	文學
現代散文欣賞	鄭明娳	文學
現代文學評論	亞菁	文學
三十年代作家論	姜穆	文學
當代臺灣作家論	何欣	文學
藍天白雲集	梁容若	文學
見賢集	鄭彥棻	文學
思齊集	鄭彥棻	文學
寫作是藝術	張秀亞	文學
孟武自選文集	薩孟武	文學
小說創作論	羅盤	文學
細讀現代小說	張素貞	文學
往日旋律	幼柏	文學
城市筆記	巴斯	文學
歐羅巴的蘆笛	葉維廉	文學
一個中國的海	葉維廉	文學
山外有山	李英豪	文學
現實的探索	陳銘磻編	文學
金排附	鍾延豪	文學
放鷹	吳錦發	文學
黃巢殺人八百萬	宋澤萊	文學
燈下燈	蕭蕭	文學
陽關千唱	陳煌	文學
種籽	向陽	文學
泥土的香味	彭瑞金	文學
無緣廟	陳艷秋	文學
鄉事	林清玄	文學
余忠雄的春天	鍾鐵民	文學
吳煦斌小說集	吳煦斌	文學

滄海叢刊已刊行書目㈥

書名	作者	類別
卡薩爾斯之琴	葉石濤	文學
青囊夜燈	許振江	文學
我永遠年輕	唐文標	文學
分析文學	陳啓佑	文學
思想起	陌上塵	文學
心酸記	李喬	文學
離訣	林蒼鬱	文學
孤獨園	林蒼鬱	文學
托塔少年	林文欽編	文學
北美情逅	卜貴美	文學
女兵自傳	謝冰瑩	文學
抗戰日記	謝冰瑩	文學
我在日本	謝冰瑩	文學
給青年朋友的信(上)(下)	謝冰瑩	文學
冰瑩書柬	謝冰瑩	文學
孤寂中的廻響	洛夫	文學
火天使	趙衛民	文學
無塵的鏡子	張默	文學
大漢心聲	張起釣	文學
回首叫雲飛起	羊令野	文學
康莊有待	向陽	文學
情愛與文學	周伯乃	文學
湍流偶拾	繆天華	文學
文學之旅	蕭傳文	文學
鼓瑟集	幼柏	文學
種子落地	葉海煙	文學
文學邊緣	周玉山	文學
大陸文藝新探	周玉山	文學
累廬聲氣集	姜超嶽	文學
實用文纂	姜超嶽	文學
林下生涯	姜超嶽	文學
材與不材之間	王邦雄	文學
人生小語㈠㈡	何秀煌	文學
兒童文學	葉詠琍	文學

滄海叢刊已刊行書目㈦

書名	作者	類別
印度文學歷代名著選(上)(下)	糜文開編譯	文學
寒山子研究	陳慧劍	文學
魯迅這個人	劉心皇	文學
孟學的現代意義	王支洪	文學
比較詩學	葉維廉	比較文學
結構主義與中國文學	周英雄	比較文學
主題學研究論文集	陳鵬翔主編	比較文學
中國小說比較研究	侯健	比較文學
現象學與文學批評	鄭樹森編	比較文學
記號詩學	古添洪	比較文學
中美文學因緣	鄭樹森編	比較文學
文學因緣	鄭樹森	比較文學
比較文學理論與實踐	張漢良	比較文學
韓非子析論	謝雲飛	中國文學
陶淵明評論	李辰冬	中國文學
中國文學論叢	錢穆	中國文學
文學新論	李辰冬	中國文學
離騷九歌九章淺釋	繆天華	中國文學
苕華詞與人間詞話述評	王宗樂	中國文學
杜甫作品繫年	李辰冬	中國文學
元曲六大家	應裕康 王忠林	中國文學
詩經研讀指導	裴普賢	中國文學
迦陵談詩二集	葉嘉瑩	中國文學
莊子及其文學	黃錦鋐	中國文學
歐陽修詩本義研究	裴普賢	中國文學
清真詞研究	王支洪	中國文學
宋儒風範	董金裕	中國文學
紅樓夢的文學價值	羅盤	中國文學
四說論叢	羅盤	中國文學
中國文學鑑賞舉隅	黃慶萱 許家鸞	中國文學
牛李黨爭與唐代文學	傅錫壬	中國文學
增訂江皋集	吳俊升	中國文學
浮士德研究	李辰冬譯	西洋文學
蘇忍尼辛選集	劉安雲譯	西洋文學

滄海叢刊已刊行書目(八)

書名	作者	類別
文學欣賞的靈魂	劉述先	西洋文學
西洋兒童文學史	葉詠琍	西洋文學
現代藝術哲學	孫旗譯	藝術
音樂人生	黄友棣	音樂
音樂與我	趙琴	音樂
音樂伴我遊	趙琴	音樂
爐邊閒話	李抱忱	音樂
琴臺碎語	黄友棣	音樂
音樂隨筆	趙琴	音樂
樂林蓽露	黄友棣	音樂
樂谷鳴泉	黄友棣	音樂
樂韻飄香	黄友棣	音樂
樂圃長春	黄友棣	音樂
色彩基礎	何耀宗	美術
水彩技巧與創作	劉其偉	美術
繪畫隨筆	陳景容	美術
素描的技法	陳景容	美術
人體工學與安全	劉其偉	美術
立體造形基本設計	張長傑	美術
工藝材料	李鈞棫	美術
石膏工藝	李鈞棫	美術
裝飾工藝	張長傑	美術
都市計劃概論	王紀鯤	建築
建築設計方法	陳政雄	建築
建築基本畫	陳榮美 楊麗黛	建築
建築鋼屋架結構設計	王萬雄	建築
中國的建築藝術	張紹載	建築
室內環境設計	李琬琬	建築
現代工藝概論	張長傑	雕刻
藤竹工	張長傑	雕刻
戲劇藝術之發展及其原理	趙如琳譯	戲劇
戲劇編寫法	方寸	戲劇
時代的經驗	汪琪 彭家發	新聞
大衆傳播的挑戰	石永貴	新聞
書法與心理	高尚仁	心理

滄海叢刊已刊行書目㈣

書名	作者	類別
歷史圈外	朱桂	歷史
中國人的故事	夏雨人	歷史
老臺灣	陳冠學	歷史
古史地理論叢	錢穆	歷史
秦漢史	錢穆	歷史
秦漢史論稿	刑義田	歷史
我這半生	毛振翔	歷史
三生有幸	吳相湘	傳記
弘一大師傳	陳慧劍	傳記
蘇曼殊大師新傳	劉心皇	傳記
當代佛門人物	陳慧劍	傳記
孤兒心影錄	張國柱	傳記
精忠岳飛傳	李安	傳記
八十憶雙親 師友雜憶 合刊	錢穆	傳記
困勉強狷八十年	陶百川	傳記
中國歷史精神	錢穆	史學
國史新論	錢穆	史學
與西方史家論中國史學	杜維運	史學
清代史學與史家	杜維運	史學
中國文字學	潘重規	語言
中國聲韻學	潘重規 陳紹棠	語言
文學與音律	謝雲飛	語言
還鄉夢的幻滅	賴景瑚	文學
葫蘆・再見	鄭明娳	文學
大地之歌	大地詩社	文學
青春	葉蟬貞	文學
比較文學的墾拓在臺灣	古添洪 陳慧樺 主編	文學
從比較神話到文學	古添洪 陳慧樺	文學
解構批評論集	廖炳惠	文學
牧場的情思	張媛媛	文學
萍踪憶語	賴景瑚	文學
讀書與生活	琦君	文學

滄海叢刊已刊行書目(三)

書名	作者	類別
不疑不懼	王洪鈞	教育
文化與教育	錢穆	教育
教育叢談	上官業佑	教育
印度文化十八篇	糜文開	社會
中華文化十二講	錢穆	社會
清代科舉	劉兆璸	社會
世界局勢與中國文化	錢穆	社會
國家論	薩孟武譯	社會
紅樓夢與中國舊家庭	薩孟武	社會
社會學與中國研究	蔡文輝	社會
我國社會的變遷與發展	朱岑樓主編	社會
開放的多元社會	楊國樞	社會
社會、文化和知識份子	葉啓政	社會
臺灣與美國社會問題	蔡文輝 蕭新煌 主編	社會
日本社會的結構	福武直 著 王世雄 譯	社會
三十年來我國人文及社會科學之回顧與展望		社會
財經文存	王作榮	經濟
財經時論	楊道淮	經濟
中國歷代政治得失	錢穆	政治
周禮的政治思想	周世輔 周文湘	政治
儒家政論衍義	薩孟武	政治
先秦政治思想史	梁啓超原著 賈馥茗標點	政治
當代中國與民主	周陽山	政治
中國現代軍事史	劉馥著 梅寅生譯	軍事
憲法論集	林紀東	法律
憲法論叢	鄭彥棻	法律
師友風義	鄭彥棻	歷史
黄帝	錢穆	歷史
歷史與人物	吳相湘	歷史
歷史與文化論叢	錢穆	歷史

滄海叢刊已刊行書目(二)

書名	作者	類別
語言哲學	劉福增	哲學
邏輯與設基法	劉福增	哲學
知識•邏輯•科學哲學	林正弘	哲學
中國管理哲學	曾仕强	哲學
老子的哲學	王邦雄	中國哲學
孔學漫談	余家菊	中國哲學
中庸誠的哲學	吳怡	中國哲學
哲學演講錄	吳怡	中國哲學
墨家的哲學方法	鐘友聯	中國哲學
韓非子的哲學	王邦雄	中國哲學
墨家哲學	蔡仁厚	中國哲學
知識、理性與生命	孫寶琛	中國哲學
逍遙的莊子	吳怡	中國哲學
中國哲學的生命和方法	吳怡	中國哲學
儒家與現代中國	韋政通	中國哲學
希臘哲學趣談	鄔昆如	西洋哲學
中世哲學趣談	鄔昆如	西洋哲學
近代哲學趣談	鄔昆如	西洋哲學
現代哲學趣談	鄔昆如	西洋哲學
現代哲學述評(一)	傅佩榮譯	西洋哲學
懷海德哲學	楊士毅	西洋哲學
思想的貧困	韋政通	思想
不以規矩不能成方圓	劉君燦	思想
佛學研究	周中一	佛學
佛學論著	周中一	佛學
現代佛學原理	鄭金德	佛學
禪話	周中一	佛學
天人之際	李杏邨	佛學
公案禪語	吳怡	佛學
佛教思想新論	楊惠南	佛學
禪學講話	芝峯法師譯	佛學
圓滿生命的實現（布施波羅蜜）	陳柏達	佛學
絶對與圓融	霍韜晦	佛學
佛學研究指南	關世謙譯	佛學
當代學人談佛教	楊惠南編	佛學

滄海叢刊已刊行書目(一)

書名	作者	類別
國父道德言論類輯	陳立夫	國父遺教
中國學術思想史論叢(一)(二)(三)(四)(五)(六)(七)(八)	錢穆	國學
現代中國學術論衡	錢穆	國學
兩漢經學今古文平議	錢穆	國學
朱子學提綱	錢穆	國學
先秦諸子繫年	錢穆	國學
先秦諸子論叢	唐端正	國學
先秦諸子論叢(續篇)	唐端正	國學
儒學傳統與文化創新	黃俊傑	國學
宋代理學三書隨劄	錢穆	國學
莊子纂箋	錢穆	國學
湖上閒思錄	錢穆	哲學
人生十論	錢穆	哲學
晚學盲言	錢穆	哲學
中國百位哲學家	黎建球	哲學
西洋百位哲學家	鄔昆如	哲學
現代存在思想家	項退結	哲學
比較哲學與文化(一)(二)	吳森	哲學
文化哲學講錄(一)(二)(三)(四)	鄔昆如	哲學
哲學淺論	張康譯	哲學
哲學十大問題	鄔昆如	哲學
哲學智慧的尋求	何秀煌	哲學
哲學的智慧與歷史的聰明	何秀煌	哲學
內心悅樂之源泉	吳經熊	哲學
從西方哲學到禪佛教—「哲學與宗教」一集—	傅偉勳	哲學
批判的繼承與創造的發展—「哲學與宗教」二集—	傅偉勳	哲學
愛的哲學	蘇昌美	哲學
是與非	張身華譯	哲學